DCI Hayes

Ich danke Sandra Surböck für die freundliche Zurverfügungstellung mehrerer Bilder aus ihrer zweiten Heimat, von welchen eines das Cover meines Buches ziert.

Juergen von Rehberg

DCI Hayes

Der tote Ritter

*Bibliografische Information der Deutschen National-
bibliothek:*
*Die Deutsche Nationalbibliothek verzeichnet diese
Publikation in der Deutschen Nationalbibliografie;
detaillierte bibliografische Daten sind im Internet
über http://dnb.dnb.de abrufbar.*

*Herstellung und Verlag: BoD – Books on Demand,
Norderstedt*

ISBN: *978-3-7504-2449-4*

Als DCI[1] Daniel Hayes den Raum betrat, verstummten die Gespräche schlagartig. Die Blicke der anwesenden Kollegen bündelten sich förmlich, um sich auf den Ankömmling zu konzentrieren.

Man hätte den Eindruck gewinnen können, dass man beim Militär wäre und nicht bei der Polizei.

DCI Hayes war ein Mann Anfang 50, gutaussehend, sportliche Figur und scheinbar unnahbar. Über seinen sozialen Status wusste niemand so recht Bescheid.

Die Spekulationen reichten von geschieden bis heimliche Geliebte; nur eines schloss man aus: Dieser Mann war keinesfalls schwul.

„Guten Morgen!"

Der entbotene Gruß wurde, wie aus einer Kehle, mit einem *„Guten Morgen, Sir!"* beantwortet.

„Geht es um das verlorene Match von gestern oder gibt es auch etwas Wichtiges?"

Diese Frage des DCI bezog sich auf die rege Debatte, welche mit seinem Eintreten verstummt war, und sie zeigte auch, dass der „Chief", wie er gern genannt wurde, Humor besaß.

Es war die Art Humor, die nicht jedermann goutiert, very british und sehr speziell. Lachen oder ein-

---

[1] DCI – Detective Chief Inspector

fach nur Lächeln gehörte jedoch nicht zu den Gebieten, bei denen sich der DCI auskannte.

Seine Kollegen hatten vor langer Zeit eine Wette ins Leben gerufen. Jeder daran Beteiligte zahlte monatlich 5 Pfund in eine Kasse.

Der gesamte Betrag würde an dem Tag zur Auszahlung kommen, an welchem einer aus der Kollegenschaft den Chief zum Lachen bringen würde.

Insgesamt waren sie zu dritt: DI[2] Liam Walsh, DS[3] Emily Collins sowie DC[4] Connor Nolan und DC Brian Mulligan.

„Der Mord an Sir Frost vom St. Elizabeth Hospital", kam die Antwort von DS Emily Collins, ihres Zeichens eine Art Sekretärin von DCI Hayes.

Sir James Frost war Professor an der renommierten Klinik und vor einem halben Jahr von der Queen zum Ritter geschlagen worden.

Es geschah als Würdigung dafür, dass er bei einem Mitglied der erweiterten königlichen Familie eine äußerst riskante und lebensbedrohende Operation erfolgreich durchgeführt hatte.

---

[2] DI – Detective Inspector
[3] DS – Detective Sergeant
[4] DC – Detective Constable

„Das ist der Arzt, der diese tolle Operation durchgeführt hat", wollte DS Collins noch weiter ergänzen, wurde aber von DCI Hayes unterbrochen.

„Ich weiß, Emily, ich weiß. Es ging ja durch alle Gazetten."

DS Collins war neben DI Walsh die einzige Person, welche der DCI mit Vornamen ansprach. Emily vergötterte ihren Chef. Allein, wenn er ihren Namen sagte, schlug ihr verliebtes Herz um einige Schläge schneller.

Ihr war sehr wohl bewusst, dass Daniel Hayes „out of range[5]" für sie war, und der Altersunterschied war ja doch recht groß.

Und obwohl Emily erst zarte 24 Jahre alt war, hatte sie es schon zum Detective Sergeant gebracht. Sie betrachtete sich selbst als eine Art rechte Hand des DCI, übertrug er ihr doch wichtige Recherchen.

Emily hatte ein paar Semester Informatik studiert, was ihr bei ihrer Arbeit zugutekam. Aber das war sicher nicht der Grund dafür, dass sie die „Recherche-Queen" war.

So jedenfalls nannten sie Connor und Brian, wenn sie unter sich waren. Es laut zu sagen, hätten sie sich niemals getraut, standen sie doch im Rang unter E-mily.

---

[5] außer Reichweite

„Wo ist eigentlich DI Walsh?", fragte der DCI, und Emily antwortete:

„DI Walsh ist bei Doc Riley. Er müsste wohl bald wieder zurückkommen."

Doc „Sam" Samantha Riley war die Rechtsmedizinerin und etwa im selben Alter wie DI Walsh. Doc „Sam" durfte sie aber nur von DI Walsh und DCI Hayes genannt werden.

Man sagt, sie und DI Walsh wären früher einmal ein Paar gewesen; aber wirklich genau wusste das keiner. Und DI Walsh darauf anzusprechen oder gar den DCI danach zu fragen, wäre sträflicher Leichtsinn gewesen.

„Ich gehe jetzt zu Doc Sam", sagte der DCI, *„und wenn ich zurückkomme, möchte ich einen ersten Lagebericht."*

Mit diesen Worten verließ der DCI den Raum, und DS Emily Collins übernahm die Befehlsgewalt.

„Ihr habt den Chief gehört. Also an die Arbeit, Männer!"

Emily hatte diese Worte mit Nachdruck gesagt, und es fühlte sich richtig gut an.

*****

„Hi Sam!“

„Hi Danny!“

Während der DCI die Rechtsmedizinerin verbal begrüßt hatte, blieb für seinen Stellvertreter nur ein kurzes Zunicken übrig.

Was auf einen Außenstehenden wie eine Geringschätzung wirken musste, war in Wirklichkeit eine Vertrautheit, welche die beiden Männer seit vielen Jahren verband.

Daniel Hayes war sogar der Taufpate von Kira, der Tochter seines Freundes Liam Walsh und über 10 Jahre älter als Liam.

Es hatte vor einigen Jahren einen Vorfall gegeben, aus welchem eine Männerfreundschaft entstanden war, wie man ihresgleichen wohl nicht sehr oft finden wird.

Bei einem Schusswechsel hatte DI Walsh seinem Chef das Leben gerettet. Dieses Ereignis hat die beiden Männer seit damals für immer zusammengeschweißt.

Doc Samantha Riley war die Dritte im Bunde. Wie sie dazu kam, ist nicht wirklich bekannt.

„Was hast du Sam?“, fragte DCI Hayes, und Doc Riley antwortete:

„Einen toten Ritter.“

Während dem DI ein Lächeln übers Gesicht huschte, blieb DCI Hayes ernst wie immer.

„Das sehe ich", sagte der DCI indigniert, *„geht es auch etwas genauer?"*

„Natürlich, du alter Brummbär", erwiderte die Gerichtsmedizinerin, mit einem verstohlenen Blick zu DI Walsh.

Dieser zuckte nur mit den Schultern und sagte:

„Du hast gerade eben eine humorlose Zone betreten, Sam. War dir das denn nicht bewusst?"

„Natürlich wusste ich das, Liam-Schatz", antwortete Doc Sam, *„aber ich will die Hoffnung einfach nicht aufgeben, dass unser Danny Boy eines Tages vielleicht doch noch seine Rüstung ablegt."*

DCI Hayes unterbrach das Geplänkel der beiden auf harsche Weise.

„Können wir bitte wieder sachlich werden? Schließlich haben wir einen Mord zu klären."

„Der Tote weist mehrere Messerstiche im Abdomen auf", begann nun die Gerichtsmedizinerin in sachlichem Ton und fuhr fort:

„Die Stiche sind nicht tief, und sie waren auch nicht letal."

„*Was war es denn?*", fragte der DCI, worauf Doc Sam den Kopf des Toten auf die Seite drehte und auf eine Wunde am Hinterkopf hinwies.

„*Stumpfe Gewalteinwirkung mit einem quadratischen oder rechteckigen Gegenstand.*"

„*Und an was denkst du?*", fragte jetzt DI Walsh.

„*Keine Ahnung*", antwortete die Gerichtsmedizinerin, „*ich kann erst mehr sagen, wenn ich die Kopfwunde genauer analysiert habe.*"

„*Dann mach das bitte, und gib mir dann Bescheid*", sagte DCI Hayes und schickte sich an, den Raum zu verlassen.

„*Stopp, DCI Hayes!*"

Diese Worte klangen wie ein Peitschenschlag. Sie kamen von Doc Riley.

„*Hast du nicht etwas Wichtiges vergessen?*"

DCI Hayes war stehen geblieben. Er zögerte einen Augenblick, bevor er sich umdrehte.

„*Bye, Sam. Ich wünsche dir noch einen schönen Tag!*"

„*So mag ich das*", kommentierte die Gerichtsmedizinerin, „*schließlich sind wir höfliche Menschen, und was noch wichtiger ist, wir sind Freunde. Oder siehst du das anders, DCI Hayes?*"

„*Nein, Doc Riley*", antwortete Daniel, und man hätte fast meinen können, dass ihm ein kleines Lächeln dabei entglitten war.

„*Kommst du, Liam?*", sagte er zu DI Walsh, „*machen wir uns an die Arbeit.*"

*****

DCI Hayes hatte irgendwann einmal eine Art Spiel eingeführt. Es bestand darin, dass jeder seiner Mitarbeiter eine These vorbringen musste, wer als Mörder in Betracht kommen könnte.

Und so war es auch heute wieder.

„*Wer macht den Anfang?*", fragte der DCI in die Runde, und DC Connor Nolan meldete sich umgehend zu Wort, als hätte er schon die ganze Zeit sehnsüchtig nur darauf gewartet, vor dem Chef zu brillieren.

„*Eifersucht, Chief*", sprudelte es förmlich aus ihm heraus, „*ich bin mir sicher, dass Eifersucht im Spiel ist.*"

„*Was lässt Sie das annehmen, Nolan?*", fragte der DCI, und der DC antwortete:

„*Der Professor war ein gutaussehender Mann in den besten Jahren, und dass die Damen auf die Herr-*

götter in Weiß zu fliegen pflegen, ist ja hinlänglich bekannt."

„So, so", erwiderte der DCI, *„und wer glauben Sie, hat den Professor ermordet: die Ehefrau oder die Geliebte oder vielleicht beide?"*

Connor Nolan überlegte kurz, konnte sich aber auf die Schnelle für keine der Varianten entscheiden.

„Was meinst du, Brian?", fragte der DCI den zweiten DC.

DC Brian Mulligan war etwa im selben Alter wie Daniel. Sie kannten sich seit der Polizeiakademie. Während Daniel Karriere gemacht hatte, war Brian nie über den DC hinausgekommen.

Den Versuch seitens seines Freundes Daniel, sich der Prüfung zum DS zu stellen, hatte er bisher immer erfolgreich abgeblockt. Daniel bedauerte das sehr, denn Brian war ein hervorragender Polizist. Aber irgendwann hatte es Daniel dann aufgegeben.

„Das ist schwierig, Chief", antwortete Brian, der im Dienst seinen Vorgesetzten niemals mit Vornamen angesprochen hätte, obwohl sie Duzfreunde waren.

„Es gibt mehrere Möglichkeiten: Eifersucht, wie DC Nolan gerade anführte, ein Kunstfehler während einer Operation, ein ehrgeiziger Kollege, vielleicht auch einfach nur Habgier. Ich weiß es nicht."

DCI Hayes nickte. Dann wandte er sich an DS Collins.

„Welches der aufgeführten Tatmotive lacht Sie an, Emily?"

DC Nolan, musste sich gerade auf die Lippe beißen. Er verstand nicht, warum der Chef die Kollegen Collins und Mulligan mit Vornamen ansprach, ihn hingegen mit seinem Nachnamen.

Es schmerzte ihn, vermittelte es ihm doch ein Gefühl des nicht dazu Gehörens.

„Ich möchte nicht spekulieren, Chief", antwortete Emily, *„das ist kein Fall, wie jeder andere. Da steckt viel Brisanz drin."*

„Das sehe ich genauso, Emily", erwiderte DCI Hayes, *„also gehen wir ganz systematisch vor.*

Brian, du kümmerst dich um die Spurensicherung.

Nolan, Sie besorgen Telefonverbindungen und Bankauszüge.

Und wir beide machen einen Besuch bei der Witwe."

Damit war die Aufgabenteilung vollzogen, und DCI Hayes machte ich mit DS Collins auf den Weg.

„Warum komme ich mir stets vor wie das fünfte Rad am Wagen?", seufzte DC Connor Nolan, und DC Brian Mulligan antwortete:

„Das bildest du dir ein, Connor. Du bist höchstens ein Ersatzrad."

DC Mulligan verließ lachend den Raum, um die Kollegen von der Spurensicherung zu kontaktieren.

*****

Iris Hogan war, so lange sie denken konnte, der Zerberus bei der Dubliner Polizei. Wer zum Superintendenten wollte, musste erst einmal an ihr vorbeikommen.

Sie war Witwe und hatte schon längst das Alter für den wohlverdienten Ruhestand erreicht, aber sie liebte ihren Job, und sie hätte ihn um nichts in der Welt aufgeben wollen.

Sie hatte im Laufe der Jahre so manchen SI[6] kommen und gehen gesehen. Ihr verstorbener Mann, Flinn Hogan, war einer von ihnen.

Sie hatte ihn durch die Arbeit kennen- und liebengelernt; aber ihr Glück währte nur kurz. Flinn Hogan

---

[6] SI - Superintendent

starb an Krebs. Iris hatte ihn in seinen letzten Monaten rund um die Uhr betreut, und als sie danach wieder in ihren Beruf zurückwollte, war der Nachfolger von Flinn dagegen.

Vermutlich wäre ihm ein junges, hübsches Ding lieber gewesen; aber Iris wäre nicht Iris gewesen, hätte sie nicht mit aller Kraft um ihren Arbeitsplatz gekämpft.

Vermutlich hatte der damalige Commissioner der Garda Siochána, Neil Ryan, seine Finger mit im Spiel, dass Iris ihren alten Arbeitsplatz wiedererlangte.

Neil Ryan war mit Flinn weitläufig verwandt, und er konnte und wollte sich der Bitte von Iris nicht verschließen, wieder arbeiten zu dürfen.

Mit der Zeit gewöhnte sich dann auch ihr damaliger Chef an sie und der jetzige Chef, SI Jack Burke, war sehr froh darüber, Iris zu haben.

„Hi Iris, ist er da drin?"

Mit diesen Worten begrüßte DCI Hayes die Vorzimmerdame des Superintendenten.

„Hi Danny", erwiderte Iris, *„Geh gleich weiter, der Skipper erwartet dich schon."*

Dass Iris ihren Chef als „Skipper" bezeichnete, kam daher, dass SI Burke und Iris eine gemeinsame Liebe verband, das Segeln.

Die Bezeichnung „Skipper" verwendete sie jedoch nur Daniel und anderen nahestehenden Kollegen gegenüber. Bei ihrem Chef hätte Iris dieses Wort niemals verwendet. Das hätte sie als respektlos betrachtet.

DCI Hayes klopfte an und betrat den Raum. Der SI deutete auf einen Stuhl vor seinem Schreibtisch und sagte:

„Setzen Sie sich, Daniel!"

DCI Hayes quittierte die Einladung mit einem höflichen *„Danke, Sir!"*

„Schlimme Sache, das mit dem Professor", sagte der Superintendent, während er an seiner Pfeife zog.

DCI Hayes reagierte nicht darauf. Er beließ es dabei, dem Superintendent erwartungsvoll in die Augen zu sehen.

„Der Commissioner hat sich schon gemeldet", fuhr der Superintendent fort, um nach einer kurzen Pause zu ergänzen:

„Sie kennen das ja, Daniel. Der Boss sagt es mir, und ich reiche es an Sie weiter.

Ich weiß natürlich, dass Sie keine Ermunterung von mir brauchen, um dem Fall die notwendige Aufmerksamkeit zukommen zu lassen; aber ich mache es trotzdem".

Dem letzten Zusatz hatte der Superintendent ein verschmitztes Lächeln beigefügt. Er machte in paar weitere Züge an seiner Pfeife und blies den Rauch genüsslich in Richtung des DCI.

„Also, Daniel, wie gedenken Sie vorzugehen?", fragte der Superintendent, und Daniel antwortete:

„So wie immer, Sir. Mit Akribie und der größtmöglichen Vorsicht."

„Das wollte ich hören, Daniel. Und halten Sie mich auf dem Laufenden."

„Natürlich, Sir", antwortete DCI Hayes und stand auf. Er verbeugte sich leicht vor seinem Vorgesetzten und verließ dann den Raum.

„Was wollte der Skipper?", fragte Iris den DCI, und Daniel antwortete:

„Und wenn du mich noch hundertmal fragst, liebe Iris; die Antwort wird immer dieselbe sein: das Gefühl der Macht auskosten und sich wichtig dabei fühlen."

„Du bist unmöglich, Danny."

„Ich weiß", antwortete Daniel und bewegte sich in Richtung Ausgang. Er verließ den Raum mit einem *„bye Iris"*, ohne sich noch einmal umzudrehen. Das *„bye Danny, und grüß die anderen"*, hatte er schon nicht mehr gehört.

*****

Es war einer jener Tage, wo der Regen nicht die geringsten Anstalten machte, irgendwann wieder aufhören zu wollen.

„Mistwetter…"

Es war offenkundig, dass der Chief dem Wetter nicht dasselbe abgewinnen konnte, wie das Emily tat. Sie sah DCI Hayes aus ihren Augenwinkeln an und freute sich ganz einfach, dass sie mit ihm allein war.

Emily mochte den Regen. Sie saß neben DCI Hayes und lauschte dem wunderbaren Geräusch des Regens, der auf das Dach des Fahrzeugs prasselte.

„Sie sind so still, Emily. Ist alles o.k.?"

„Ja, Chief", antwortete Emily, die durch die Frage etwas verunsichert war.

„Wo ist eigentlich DI Walsh", konterte Emily geschickt, *„ich habe ihn vorhin bei der Besprechung vermisst."*

„Ich habe DI Walsh zum St. Elizabeth geschickt", antwortete der DCI, *„er soll sich dort einmal umhören."*

„Ach so", bestätigte Emily die Antwort ihres Chefs, um sich danach wieder dem Konzert der Regentropfen zu widmen.

Die Villa des Professors ließ auf einen gewissen Wohlstand schließen. Hinzu kam noch die beste Wohnlage in Rathmines.

Das Fräulein, welches die Tür öffnete, bestätigte die Annahme: schwarzer Rock, weiße Bluse. Fehlte nur noch das Häubchen auf dem Kopf.

Der DCI hielt ihr seinen Dienstausweis unter die Nase und sagte:

„Wir würden gern die Dame des Hauses sprechen."

Das Fräulein begutachtete den Dienstausweis eingehend, was an und für sich ein Unsinn ist, denn mit Photoshop ist ein solcher so gut herzustellen, dass der Ungeübte wohl kaum den Unterschied bemerken würde.

Danach führte sie den DCI und Emily in die Halle und hieß sie mit den Worten, *„ich werde Lady Frost fragen, ob sie Sie empfängt"*, einfach stehen.

Emily wollte schon eine zurechtweisende Bemerkung machen, vertraten sie und ihr Chef doch schließlich die Staatsgewalt, wurde aber von DCI Hayes daran gehindert.

Ein Blick von ihm, begleitet von einem leichten Kopfschütteln, machten ihr das deutlich.

Emily war fast ein wenig enttäuscht von seinem Verhalten. Sie hätte das auf alle Fälle so nicht hingenommen.

„Lady Frost lässt bitten."

Mit diesen Worten führte der „Hausdrachen" die Besucher in den Salon.

„Bitte, entschuldigen Sie unser unangemeldetes Erscheinen, und vielen Dank, dass Sie uns empfangen. Ich bin DCI Hayes und das ist DS Collins."

Emily war gerade dabei, ihr Weltbild – bezogen auf DCI Hayes – neu zu ordnen, als die Dame des Hauses antwortete:

„Das geht schon in Ordnung, Chiefinspector. Bitte, nehmen Sie Platz. Darf ich Ihnen vielleicht einen Tee anbieten?"

„Vielen Dank, Lady Frost, das ist sehr freundlich von Ihnen", antwortete der DCI, und Emily korrigierte ihr Weltbild ein Stück weiter nach unten.

Sie hätte die Angelegenheit ganz anders angepackt, dessen war sie sich sicher.

„Bringen Sie bitte Tee und Gebäck, Miss Margie", sagte die gnädige Frau, und der „Hausdrache" bestätigte die Aufforderung mit einem Knicks und einem *„sehr wohl My Lady."*

„Ich nehme an, Ihr Besuch bezieht sich auf die schreckliche Tat, welcher mein geliebter Gatte zum Opfer gefallen ist?", wandte sich die Dame des Hauses wieder ihren Besuchern zu, und der Chiefinspector antwortete:

„So ist es, Lady Frost, und bitte, erlauben Sie mir, Ihnen mein tiefstes Beileid zum Tod Ihres Gatten auszusprechen. Wir werden alles daransetzen, die Tat so schnell wie möglich aufzuklären."

„Das ist sehr freundlich von Ihnen, Chiefinspector, und wenn ich dazu beitragen kann, haben Sie keine Scheu, mir das zu sagen."

Emily fühlte sich gerade wie die Zuschauerin einer Schmonzette in einem Vorstadtkino. *„Bevor der liebwerte Gatte zum <Knight of the British Empire> geschlagen wurde, hat die gute Lady sicher ganz normal parliert"*, dachte sie bei sich und musste ein Lächeln unterdrücken.

„Greifen Sie nur zu, junge Dame", sagte die Lady und deutete dabei auf die Schale mit dem Gebäck. *„Sie sind äußerst deliziös."*

„Nein danke", antworte Emily, *„ich mag das Zeugs nicht so."*

Ein zürnender Blick ihres Chefs holte Emily augenblicklich aus ihrem negativen Gedankendschungel heraus. Als wolle sie Wiedergutmachung betreiben, griff sie wie ferngesteuert zu der Gebäckschale.

„Ich möchte Ihnen einige Fragen stellen, wenn Sie erlauben", bemühte sich der DCI die Peinlichkeit zu überspielen.

„Fragen Sie nur, Chiefinspector. Ich werde Ihnen antworten, so gut ich kann."

DCI Hayes betrachtete sein Gegenüber. Diese Frau imponierte ihm. Sie saß da in ihrem schwarzen Trauerkleid, das ihre gute Figur voll zur Geltung brachte, und ihre Art, wie sie sprach und wie sie sich bewegte, rief Bewunderung bei ihm hervor.

Lady Frost hatte ihr Haar streng nach hinten gekämmt und ihre blauen Augen ließen einen offenen und geraden Blick erkennen. Eines wurde dem DCI sofort klar: Eine Mörderin war diese Frau nicht.

Umso mehr verärgerte ihn das unmögliche Verhalten seines Sergeants. Er würde sie später ordentlich zusammenfalten, das war sicher.

„Wie war Ihre Beziehung? Gab es vielleicht auch noch andere Frauen?"

Mit dieser Frage hatte DS Collins die rote Linie klar überschritten, zumal die Befragung alleinige Angelegenheit des DCI war.

„Bitte entschuldigen Sie die unbeholfene Art meiner Kollegin", begann DCI Hayes seine Bemühung um Schadensbegrenzung, aber Lady Frost unterbrach ihn sofort.

„Aber nicht doch, Chiefinspector, es ist das Recht der Jugend engagiert zu sein, solange sich ihr Bemühen im Rahmen von Respekt und Anstand bewegen. "

DCI Hayes sah in das lächelnde Gesicht von Lady Frost, und seine Bewunderung für diese Frau stieg ins Unermessliche.

Indes einer sich aufbäumenden Wut auf DS Collins vermochte er sich nur schwer entgegenzustellen.

„DS Collins, Sie gehen sofort hinaus zum Wagen und schalten Ihr Hirn ein, soweit Sie überhaupt eines haben. "

DS Collins erschrak zutiefst. In diesem Augenblick wurde ihr bewusst, dass sie eine rote Linie überschritten hatte.

Die Abneigung gegen Lady Frost, die sie zweifellos hegte, hatte sie sich hinreißen lassen, unprofessionell und respektlos zu handeln.

Sie stand auf, murmelte so etwas, wie *„Verzeihung"* und verließ hängenden Kopfes den Raum. Mit jedem Schritt wuchs die Angst vor den Folgen ihrer Tat.

„Waren Sie nicht etwas zu streng, Chiefinspector? ", fragte Lady Frost, und DCI Hayes antwortete:

„Ich denke nicht, My Lady, das Verhalten von DS Collins ist unentschuldbar. Ich würde es Ihnen nicht

*verdenken, wenn Sie unser Gespräch als beendet be-
trachten würden."*

*„Sicher nicht, mein Lieber. Aber ich brauche jetzt
erst einmal einen guten Whiskey. Und ich möchte Sie
bitten, mir dabei Gesellschaft zu leisten."*

DCI Hayes war überrascht. Es überraschte ihn,
dass ihn die Lady „mein Lieber" genannt und ihm das
Offert eines Whiskeys gemacht hatte.

Was er bisher noch nie gemacht hatte, und was er
mit Sicherheit nie mehr machen werden würde, passierte. Wie von selbst kamen die Worte über seine
Lippen:

„Mit der allergrößten Freude, My Lady."

Lady Frost läutete nach Margie, und kurz darauf
erhoben der Kriminalist und die verwitwete Lady ihre
Gläser und prosteten einander zu.

*„Und jetzt werde ich Ihnen etwas erzählen, mein
Lieber"*, begann Lady Frost, *„es ist die Geschichte
von einem Mädchen, das Pferde über alles liebte und
einem älteren Herrn.*

*Ich bin auf einem Pferdegestüt aufgewachsen, und
ich reite, solange ich denken kann.*

*Meine Passion führte so weit, dass ich sogar in den
Kader des irischen Nationalteams aufgenommen wur-
de; aber ein schwerer Sturz beendete frühzeitig meine
Karriere als Turnierreiterin.*

Ich kam in die Klinik von Professor Frost, der mich auch operierte. Es war eine komplizierte Operation, und es dauerte eine geraume Weile, bis ich wieder völlig hergestellt war."

Hier machte Lady Frost eine Pause. Es schien, als hätten sich ihre Gedanken in die Vergangenheit verlaufen.

Es dauerte in paar Minuten, bis sie wieder zurückgefunden hatte. Plötzlich fragte sie:

"Mögen Sie Pferde? Wie heißen Sie eigentlich mit Vornamen?"

Beide Fragen schafften eine ordentliche Verwirrung bei DCI Hayes.

"Ja, ich mag Pferde. Ich bin sogar früher ab und zu selbst geritten. Aber das ist schon viele Jahre her."

Nach einer kurzen Pause fügte er hinzu:

"Ich heiße Daniel; aber meine Freunde nennen mich Danny."

"Dann werde ich Sie jetzt auch Danny nennen, wenn Sie nichts dagegen haben."

Lady Frost erhob ihr Glas und fügte hinzu:

"Und Sie nennen mich ab sofort Elena. Einverstanden?"

Dieser Brocken war DSI Hayes dann doch zu groß.

„Das geht nicht, Lady Frost", sagte DCI Hayes, und er bemühte sich, seiner Stimme Nachdruck dabei zu verleihen.

„Und warum nicht, Danny?", erwiderte die Lady, *„haben Sie Angst davor, Sie wären gerade dabei, sich mit einer Mörderin zu unterhalten?"*

„Aber nein, keinesfalls", antwortete der DCI hastig, *„ich weiß, dass Sie keine Mörderin sind. Dazu ist Ihr feines Wesen überhaupt nicht fähig."*

DCI Hayes bedauerte den letzten Teil seines Satzes, verminderte er doch seine Entschlossenheit erheblich, was seine Ablehnung betraf.

„Also", machte Lady Frost einen erneuten Versuch, *„wir machen das so. Das Aussprechen unserer Vornamen Danny und Elena bleibt unser Geheimnis und verlässt diesen Raum nicht. Einverstanden?"*

Die Lady sah den Chiefinspector mit ihren blauen Augen an, und als dieser nicht gleich antwortete, legte sie nach.

„Ich erzähle Ihnen dann auch, wie meine Geschichte weitergeht. Glauben Sie mir, sie ist äußerst interessant und sehr aufschlussreich, und Sie könnte Ihnen bei Ihren Ermittlungen bestimmt hilfreich sein."

Dieses Argument, in Verbindung mit den wunderschönen, blauen Augen, zwang Danny endgültig in die Knie.

Er sagte *„einverstanden"*, und er fühlte, wie sein Herz bis zum Hals hinauf schlug.

Danny war bis vor einigen Jahren verheiratet. Die Ehe war von Anfang an zum Scheitern verurteilt, und es war gut, dass keine Kinder daraus hervorgegangen waren.

Er hatte sich seit damals ein Junggesellendasein eingerichtet, und er war zufrieden damit. Es gab gelegentlich kleinere Amouren, die niemals ernst gemeint waren, und die mit der Zeit immer weniger wurden.

Und jetzt das. Er fühlte sich zu dieser Frau wie magisch hingezogen, obwohl er mit aller Macht versuchte, dagegen anzukämpfen.

„Doch nun wieder zurück zu meiner Geschichte. "

Danny hörte gebannt zu, wie ihm diese Frau, die er vor einer knappen Stunde noch nicht einmal kannte, ihr gesamtes Leben vor ihm ausbreitete.

Elena hatte sich in den wesentlich älteren Mann verliebt, der ihr mit seiner Operation Lebensqualität zurückgegeben hatte. Es ist vielleicht ein wenig mit dem „Stockholm-Syndrom" vergleichbar.

Die ersten Jahre ihrer Ehe verliefen wie in einem Rausch. Fahrten mit schnellen Autos, Segeln mit der Privatjacht und Parties ohne Ende.

Elena hätte sich gerne Kinder gewünscht, der Professor wollte aber nicht. Dadurch verfiel Elena in eine Depression.

Anstatt sich Elena gegenüber als rührender Gatte zu erweisen, zeigte sich der Professor immer häufiger mit anderen Frauen. Die Regenbogenpresse war voll davon.

Allmählich begann Elena zu begreifen, was für ein Egoist ihr Gatte war. Hätten ihre Eltern sie nicht nach Hause auf ihr Gut geholt, wer weiß, was mit Elena passiert wäre.

Als dann die Erhebung des Gatten zum „Knight of the British Empire" erfolgte, und Elena dadurch zur „Lady" avancierte, beschlossen sie fortan jeder sein eigenes Leben zu leben.

Sir Frost machte seine Amouren nicht mehr öffentlich und Lady Frost verwendete ihre Zeit darauf, sich für karitative Einrichtungen einzusetzen.

„Das ist meine Geschichte, lieber Danny. Hat sie dir gefallen?"

Bitternis steckte in diesen Worten und ein paar Tränen rannen über Elenas Gesicht.

„Was für eine grausame Geschichte", sagte Danny, *„es tut mir sehr leid."*

„Ist schon wieder vorbei", erwiderte Elena und wischte ihre Tränen fort.

„Ich trage zwar äußerlich Trauer; aber innen drin ist alles leer. Ich wünsche niemandem den Tod, auch nicht James. Aber er ist nun einmal tot, und es macht mir nicht das Geringste aus."

Elena sah Danny ins Gesicht und dann sagte sie:

„Bin ich ein Monster? Bist du enttäuscht von mir?"

„Weder das eine noch das andere, liebe Elena", antwortete Danny und reichte Elena die Hand.

„Ich werde jetzt gehen; aber ich komme wieder."

„Das wäre schön", antwortet Elena, *„und vielleicht reiten wir ja einmal gemeinsam aus."*

Danny beugte sich über die Hand von Elena und küsste sie ganz sacht.

„Komm bald wieder, du Lieber", sagte Elena, während ihr erneut ein paar Tränen in die Augen traten, *„und sei nicht zu streng zu deiner jungen Kollegin."*

*****

Das St. Elisabeth in der Charlton Street war ein Krankenhaus, das zu zwei Dritteln für Privatpatienten reserviert war, wobei das restliche Drittel Normalpatienten zur Verfügung stand.

Die Verwaltungschefin, eine Dame namens Lynn Walsh, war die Schwägerin von DI Liam Walsh. Sie hatte Liams kleinen Bruder Adam geheiratet.

Lynn war eine toughe Frau, die genau wusste, was sie wollte. Sie war sehr groß, mittelschlank und sehr sexy. Und sie hatte zuhause die Hosen an.

Liams Bruder war ein Kopf kleiner als Lynn und ordnete sich seiner Ehefrau willig unter, was Liam nur sehr schwer nachvollziehen konnte.

Er war das krasse Gegenstück zu Adam. Sein Verhältnis zu Lynn war von Anbeginn kompliziert. Er konnte nicht verstehen, dass sich ein Mann unter den Pantoffel seiner Ehefrau stellt. Und er fühlte sich von Lynn körperlich angezogen.

„Hallo Liam; lange nicht mehr gesehen. Wie komme ich zu der Ehre, dass du mir einen Besuch abstattest?"

Ein feines Lächeln umspielte ihre Züge, als Lynn ihren Schwager begrüßte.

„Hallo Lynn, danke, dass du Zeit für mich hast", erwiderte Liam und setzte sich auf den von Lynn angebotenen Platz.

„*Ich bin dienstlich hier*", sagte Liam, was Lynn veranlasste, ihrem Zynismus zu frönen.

„*Das dachte ich mir. Freiwillig würdest du keinen Fuß über meine Schwelle setzen. Habe ich nicht recht?*"

Liam ließ sich auf das Spiel nicht ein. Stattdessen antwortete er:

„*Wie geht es dir. Du siehst gut aus.*"

„*Danke, danke, geliebter Schwager*", erwiderte Lynn, abermals von einem feinen Lächeln begleitet, „*ein Kompliment aus deinem Mund raubt mir fast die Sinne; auch wenn es nicht echt ist.*"

Jetzt musste auch Liam lächeln. Er hatte sich schon oft gefragt, wie sein kleiner Bruder an diese Frau gekommen ist.

Lynn war ein männerfressendes Wesen, eine Venusfalle, und irgendwie passte Adam nicht in ihr Beuteschema.

„*Einen Penny für deine Gedanken!*"

Es überraschte Liam, wie sein Gegenüber hinter seine Gedanken sehen konnte.

„*Glaube mir, Lynn*", sagte Liam, „*Das willst du gar nicht wissen.*"

„*Möchtest du etwas trinken?*"

Mit dieser Frage beendete Lynn das verbale Scharmützel, um zur Sache zu kommen.

„Ein Kaffee wäre nett", antwortete Liam, worauf Lynn zum Hörer griff, um ihre Vorzimmerdame darum zu bitten, zwei Kaffee zu bringen.

„Ich nehme an, es geht um den Professor", sagte Lynn, nachdem die Vorzimmerdame den Kaffee gebracht hatte und danach wieder gegangen war.

„Ja", antwortete Liam, *„ich hätte da ein paar Fragen."*

„Dann schieß los", antwortete Lynn, *„und ich werde mir überlegen, was ich als Gegenleistung dafür verlangen könnte."*

Liam war klar, an was Lynn dabei dachte, als sie das sagte. Sie hatte ihm schon oft genug signalisiert, dass sie an ihm interessiert wäre.

Er hatte es jedes Mal ignoriert, und er tat es auch jetzt wieder.

„Hatte der Professor Feinde innerhalb der Klinik?"

„Ja", antwortete Lynn. *„Die männlichen Kollegen hassten ihn, und die weiblichen warfen sich ihm zu Füßen."*

„Du auch?", konnte sich Liam nicht verkneifen zu fragen.

„Was denkst du von mir?", spielte Lynn die Entrüstete, *„ich bin eine anständige Frau, und ich bin glücklich verheiratet. Außerdem suche ich mir die Männer selber aus, und nicht umgekehrt. Also rein theoretisch natürlich."*

Liam ließ sich nicht darauf ein und fragte weiter:

„Kannst du mir Namen nennen?"

„Du glaubst also, dass einer aus dem Umfeld des Professors der Mörder sein könnte?", erwiderte Lynn.

„Wir stehen noch ganz am Anfang unserer Ermittlungen", antwortete Liam, *„und da gibt es noch keinen konkreten Verdacht. Also hast du einen Namen für mich?"*

„Einen?", sagte Lynn, *„da fallen mir gleich mehrere ein."*

„Wer zum Beispiel?", bohrte Liam weiter.

„An erster Stelle Dr. Moodey", antwortete Lynn, *„der wäre gern selber Chefarzt geworden. Er war bereits dafür vorgesehen. Ein fähiger Mann; aber dann kam der „Knight of the British Empire" dazwischen.*

„Heißt das, dass Dr. Frost eine politische Entscheidung war?", fragte Liam.

„Eher eine wirtschaftliche", antwortete Lynn, *„money makes the world go round."*

„Und wie ist Dr. Moodey mit der Entscheidung umgegangen?", fragte Liam.

„Was glaubst du, wie wohl?", antwortete Lynn, „er hatte Schaum vorm Mund. Wahrscheinlich hatte er schon neue Visitenkarten drucken lassen."

„Gab es je entsprechende Äußerungen seitens Dr. Moodey? Irgendwelche Drohungen?", fragte Liam weiter, und Lynn antwortete:

„Kann sein. Das weiß ich nicht mehr. Das ist schon viel zu lange her."

„Sonst hast du keine weiteren Namen?"

Als Lynn nicht gleich darauf antwortete, fragte Liam:

„Ist dem Professor je an einem Patienten ein Kunstfehler unterlaufen?"

Lynn riss die Augen auf und antwortete aufgeregt:

„Aber ja; dass mir das nicht gleich eingefallen ist. Fiona, 14 Jahre alt, die Tochter von Kevin und Mailin Ahearn, ist unter seinen Händen gestorben."

„War das ein schwieriger oder gefährlicher Eingriff?", fragte Liam.

„Überhaupt nicht", antwortete Lynn, „ein Routineeingriff."

„*Und an was ist das Mädchen dann verstorben?*", fragte Liam.

„*Ein vergessenes Bauchtuch, glaube ich*", antwortete Lynn, „*aber so ganz genau weiß ich das jetzt auch nicht mehr.*"

„*Kannst du mir den OP-Bericht geben?*", sagte Liam, und Lynn antwortete:

„*Nicht ohne einen amtlichen Beschluss; das weißt du doch.*"

„*Ja, schon*", erwiderte Liam und beugte sich dabei ein wenig vor.

„*Wie wäre es damit, liebe Schwägerin. Du gibst mir eine inoffizielle Kopie, und ich reiche dir den amtlichen Wisch nach, sobald ich ihn habe.*"

„*Aber, aber, Herr Inspector*", erwiderte Lynn schelmenhaft, „*ist das nicht Anstiftung zu einer Straftat?*"

„*Nein*", antwortete Liam, „*das fällt unter verwandtschaftlicher Nächstenliebe.*"

„*Eine andere Liebe gefiele mir besser, Schwager*", erwiderte Lynn, und Liam dachte:

„*Sie kann es einfach nicht lassen…*"

*****

Als DCI Daniel Hayes die Rückfahrt von der Villa zur Dienststelle antrat, war er noch äußerst beseelt von dem gerade Erlebten.

DS Emily Collins war in Erwartung einer Strafpredigt, die offenbar nicht stattfinden würde.

Das führte dazu, dass Emily fälschlicherweise annahm, dass sie ihr Chef nur schützen wollte, als er sie in strengem Ton hieß, die Villa umgehend zu verlassen.

Sie blickte ihren Chef heimlich an, beschwingt durch die monotone Melodie der Regentropfen auf dem Wagendach, und dann sagte sie den verhängnisvollen Satz:

„Was hat sich diese dumme Kuh nur eingebildet, so mit uns zu reden."

Durch das abrupte Bremsen von DCI Hayes, wurde DS Collins hart in ihre Sicherheitsgurte gepresst.

„DS Collins, diese dumme Kuh ist für Sie immer noch Lady Frost, und sie hat mehr Verstand in ihrem kleinen Finger, als Sie in ihrem ganzen Körper.

Und jetzt verlassen Sie augenblicklich meinen Wagen. Und kommen Sie mir vor morgen Früh nicht unter die Augen.

Ihr unentschuldbares Fehlverhalten, gepaart mit einer nicht mehr steigerungsfähigen Dummheit, wird Konsequenzen haben."

Mit diesen Worten griff er – über DS Collins hinweg – zur Wagentür, um sie zu öffnen.

„Steigen Sie aus, bevor ich mich vergesse."

DS Emily Collins stieg aus. Inzwischen war es dunkel geworden und der Regen hatte zugelegt. Da stand sie nun, unzweckmäßig bekleidet, ohne Schirm, verstand die Welt nicht mehr und starrte ihren Chef fassungslos an.

„Ich verstehe das nicht, Chief", sagte sie zaghaft, worauf DCI Hayes antwortete:

„Für Sie ab sofort nur noch „Sir". Haben sie mich verstanden?"

DS Collins nickte und sagte dann:

„Aber wie soll ich jetzt nach Hause kommen, Sir?"

„Das ist mir egal, Collins. Gehen Sie, schwimmen sie oder nehmen Sie ein Taxi. Strengen Sie einmal ihr Hirn an, sofern Sie überhaupt eines besitzen, und denken Sie darüber nach, was Sie angestellt haben."

DCI Hayes zog die Autotür zu und fuhr davon. Zurück blieb ein Häufchen Elend, dem der Regen im selben Anteil über das Gesicht rann, wie die eigenen Tränen.

*****

DCI Hayes studierte den Bericht der Spurensicherung.

„Das ist nicht gerade ergiebig", wandte er sich an DI Walsh.

„Der Mann wurde im Park der Klinik ermordet, und das nur wenige Schritte vom Eingang entfernt.

Was machte er um diese Zeit im Park? Hat ihn wirklich niemand gesehen? Und was ist mit Überwachungskameras?"

„Vielleicht war er auch nur eine rauchen", antwortete DI Walsh. *„Und was die Überwachungskamera betrifft, so können wir das vergessen."*

„Und wieso?", fragte DCI Hayes.

„Weil das eine Privatklinik ist, und weil dort Menschen ein und aus gehen, die ihre Gesichter nicht in irgendeinem Frauenblatt sehen wollen", erwiderte DI Walsh.

„Ich dachte, dort werden auch Sterbliche wie du und ich behandelt", sagte DCI Hayes, und DI Walsh antwortete:

„Ja, schon; ein paar wenige. Aber das ist reine Kosmetik, um irgendwelche Subventionen abzugreifen."

DCI Hayes sah seinen Kollegen beinahe vorwurfs-
voll an, als wolle er seinen Abscheu über das Gesagte
zum Ausdruck bringen.

„Und was ist mit der Sicherheit der Patienten?",
fragte DCI Hayes weiter.

„Security", antwortete DI Walsh, *„die haben einen
privaten Sicherheitsdienst."*

„Wurden die schon überprüft?", fragte DCI
Hayes.

*„Habe ich bereits gemacht, Sir. Die sind alle sau-
ber."*

Die Antwort kam von DS Collins.

DCI Hayes wandte sich um und sah zu DS Collins
hin. Es dauerte einen kurzen Moment, bevor er sagte:

*„Überprüfens Sie das noch einmal, DS Collins.
Und machen Sie es gründlich."*

„Jawohl, Sir."

Die Antwort kam wie aus der Pistole geschossen.

DC Mulligan und DC Nolan sahen einander ver-
wirrt an. Sie konnten, ebenso wie DI Walsh, nicht
verstehen, warum der Chief das machte.

Es war absolut ungewöhnlich und auch unverständlich, warum der DCI seinen Liebling, denn das war DS Collins ohne Zweifel, offenkundig vorführte.

DS Collins war die Verlässlichkeit in Person, und dass sie ihren Vorgesetzten gerade „Sir" nannte, und nicht wie gewohnt „Chief", machte die Verwirrung der drei Männer komplett.

„Der Bericht der Spurensicherung liest sich wie der Wetterbericht", fuhr der DCI fort. *„Nur Worte und nichts Konkretes.*

Was ist mit den Konten des Professors?", fragte er dann DC Nolan, *„gibt es auffällige Bewegungen?"*

„Nichts dergleichen", antwortete DC Nolan, und ließ den Zusatz „Chief" weg, weil er nicht wusste, ob diese Anrede noch opportun wäre.

„Was ist mit den Telefonverbindungen?", fragte DCI Hayes weiter, und DC Nolan antwortete:

„Die vom Krankenhaus habe ich noch nicht, und was die privaten Daten angeht, so taucht da immer wieder eine Nummer auf, welche der Professor öfter kontaktiert."

„Versuchen Sie herauszufinden, um wen es sich handelt, Nolan, und zwar pronto."

„Habe ich bereits gemacht, Chief", antwortete DC Nolan mit stolzgeschwellter Brust. *„Der Anschluss gehört einer gewissen Miss Gloria Wilson."*

„*Gut gemacht, Nolan; guter Mann*", sagte DCI Hayes, „*besorg mir noch mehr. Ich will alles über diese Dame wissen.*"

„*Geht klar, Chief*", erwiderte DC Nolan, der gerade mehrere Stufen auf der Leiter der Gunst bei seinem Chef hinaufgestiegen war. Der DCI hatte ihn geduzt.

DCI Hayes wandte sich nun an DC Mulligan, der die ganze Zeit über geschwiegen hatte.

„*Du hast den Bericht der Spurensicherung ja auch gelesen, Brian. Was meinst du dazu?*"

„*Es war früher Abend und es war schon dunkel*", antwortete DC Mulligan, „*und es gab kurz davor ein heftiges Gewitter mit Starkregen.*"

„*Also keine verwertbaren Spuren, nehme ich an*", sagte DCI Hayes.

„*Keine. Und außerdem ist es ein Kiesweg, auf welchem der Tote gefunden wurde. Das macht es völlig unmöglich.*"

„*Ist der Fundort gleich Tatort?*", fragte DCI Hayes, worauf DI Walsh nickte.

„*Komm mit*", sagte DCI Hayes zu DI Walsh, „*wir statten dem Doc einen Besuch ab.*"

*****

„Hi Sam!"

„Ihr schon wieder", begrüßte die Gerichtsmedizinerin die beiden Kriminalisten.

„Wir wollen nur ein wenig Sonnenschein in deine tristen Gemächer bringen", erwiderte DI Walsh.

„Es gibt inzwischen neue Erkenntnisse zu eurem Toten", kam der Doc gleich zur Sache. *„In seinem Kopf habe ich ein kleines Plastikteilchen gefunden, etwa 1 x 1/2 Zoll groß."*

„Und zu was gehört das?", fragte DCI Hayes.

„Seid ihr die Kriminalisten oder ich?", erwiderte Doc Riley, *„das müsst ihr schon selber herausfinden. Aber eines kann ich euch sagen: Wenn ihr den Rest dazu auftreiben könnt, dann habt ihr auch die Mordwaffe."*

„Also nicht das Messer, von dem die Verletzungen im Bauch stammen", sagte DI Walsh, worauf der Doc leicht gereizt antwortete:

„Hört ihr mir nicht zu, ihr Affen? Ich habe euch doch schon letztes Mal gesagt, dass die Stiche nicht letal waren."

„Sachte, sachte, Sammy", versuchte DCI Hayes die Wogen wieder zu glätten, was aber eher das Gegenteil bewirkte.

„Sam" war für den Doc o.k., aber „Sammy" konnte sie auf den Tod nicht ausstehen.

„*Was willst du, Danny Boy?*", fragte der Doc in provokantem Ton, „*ihr seid in meinem Reich; da gelten meine Regeln. Merk dir das gefälligst.*"

Die Situation drohte schon zu eskalieren, als die Tür aufging und DC Nolan hereinstürzte.

„*Schnell, schnell!*", rief DC Nolan völlig aufgelöst, „*DC Mulligan stirbt.*"

„*Was ist mit Brian?*", fragte DCI Hayes und DC Nolan antwortete:

„*Er ist plötzlich in sich zusammengesackt und auf den Boden gefallen.*"

„*Ist schon ein Arzt da?*", fragte DI Walsh.

„*Nein*", antwortete DC Nolan, „*ich dachte…*"

Während er das sagte, deutete er erwartungsvoll auf die Gerichtsmedizinerin.

Doc Riley stürmte daraufhin aus dem Raum, gefolgt von den drei Kriminalisten.

Als sie bei DC Mulligan ankamen, war jedoch die Ambulance schon eingetroffen und kümmerte sich um DC Mulligan.

„*Ich bin Doctor Riley*", stellte sich die Gerichtsmedizinerin ihrem Kollegen vor, „*was ist mit dem Patienten?*"

„*Wahrscheinlich ein Infarkt*", antwortete der Rettungsarzt.

DCI Hayes war zu DC Mulligan herangetreten, der apathisch auf der Bahre lag, während ihm ein Sanitäter Sauerstoff anlegte.

„*Was machst du denn für Sachen, Brian?*", fragte DCI Hayes seinen alten Freund. Er hatte seine Hand ergriffen und schaute besorgt in sein Gesicht.

„*Ist halb so schlimm*", kam keuchend die Antwort unter der Sauerstoffmaske.

„*Wir müssen jetzt los, Sir*", sagte der Rettungssanitäter, „*aber wenn sie möchten, dann können sie mitfahren.*"

Der DCI schüttelte mit dem Kopf. Dann sagte er zu Brian:

„*Ich schaue später nach dir, mein Lieber, und sieh zu, dass du wieder schnell auf die Beine kommst.*"

„*Mach ich, Danny*", erwiderte Brian und ließ die Hand seines Chefs los.

Die Sanitäter schoben DC Mulligan hinaus, begleitet von den Wünschen seiner Kollegen auf eine baldige Genesung.

„Fuck!"

Diese deftige Bemerkung kam von Doc Riley. Sie sah zu ihren Freunden und sagte:

„Sorry, Danny und Liam. Ich war wohl etwas zu heftig vorhin."

„Ist schon o.k., Doc", erwiderte DCI Hayes, und DI Walsh klopfte dem Doc bestätigend auf die Schulter.

„Das Schicksal macht nur einen kleinen Ruck, und alles kann auf einmal ganz anders sein..."

So oder ähnlich dürften wohl die Gedanken der drei Freunde in diesem Augenblick gewesen sein.

DC Nolan stand still daneben, wieder einmal in dem Bewusstsein, nicht dazu zu gehören.

*****

„Warst du wieder einmal nicht brav, Danny?", fragte die Vorzimmerdame des Superintendenten, als DCI Hayes zur Tür hereinkam.

„Ich weiß nicht, Iris", antwortete der DCI, *„vielleicht hat er nur Langeweile und möchte ein wenig mit mir plaudern."*

Beide lachten. Iris deutete zur Tür des Superintendenten und sagte:

„Geh nur hinein, du kennst ja den Weg. "

Der Mann hinter der Wolke aus Pfeifentabak wies DCI Hayes einen Platz an und fragte dann, was es neues im Fall „Sir Frost" gäbe.

„Nicht sehr viel", antwortete DCI Hayes, *„Doc Riley hat einen Fremdpartikel im Schädel des Toten gefunden, und die Messerstiche waren nicht die Todesursache."*

„Weiß man schon, um was für ein Messer es sich handelt? ", fragte der Superintendent.

„Der Doc sucht noch", antwortete DCI Hayes.

Der Superintendent schaute den DCI einen Moment lang schweigend an. DCI Hayes kam es vor, als lächelte sein Vorgesetzter dabei ein wenig.

„Sie haben nicht gedient, Hayes, habe ich recht? ", fragte er dann in süffisantem Ton.

„Nein, Sir", antwortete der DCI, *„ich bin – so lang ich denken kann – Polizist."*

Es folgte wieder eine kurze Pause. Dann fragte der Superintendent weiter:

„Wie lang muss die Klinge des Messers sein, das Sie suchen? "

Die Frage überraschte den DCI ein wenig, vor allem aber auch die Art, mit der sie gestellt wurde.

„Doc Riley sagt, die Klinge müsste ca. 2 1/2 Zoll lang sein, Sir", antwortete DCI Hayes.

„Das British Army Clasp Knife", sagte der Superintendent mit Stolz geblähter Brust.

„Ich verstehe nicht, Sir", entgegnete DCI Hayes etwas unsicher.

„Das British Army Clasp Knife hat eine Klingenlänge von exakt 2 1/2 Zoll, mein lieber Hayes."

Es fehlten nur noch Fanfaren, um den Triumph des Superintendenten angemessen zu untermalen.

„Hätten Sie gedient, wie ich, dann wüssten Sie das, Hayes."

Die Augen des Superintendenten strahlten förmlich, als er das alles sagte. DCI Hayes beschloss in diesem Augenblick, dem Triumph seines Vorgesetzten den rechten Glanz zu verleihen.

„Das ist großartig, Sir", sagte DCI Hayes, *„das bringt uns ein großes Stück weiter. Vielen Dank, Sir!"*

„Nicht doch, Hayes", entgegnete der Superintendent in größter, gespielter Bescheidenheit, *„schließlich sitzen wir alle im selben Boot.*

Sehen Sie zu, was sie mit dieser tollen Neuigkeit erreichen können."

„*Das mache ich, Sir*", antwortete der DCI, „*aber es wird nicht leicht werden, zumal wir ein Mann weniger sind.*"

„*Wie das?*", fragte der Superintendent und DCI Hayes antwortete:

„*DC Mulligan wurde mit Verdacht auf Herzinfarkt in die Klinik eingeliefert.*"

„*Das tut mir leid*", entgegnete der Superintendent, „*ich hoffe, er ist bald wieder an Deck.*"

„*Das hoffen wir auch, Sir*", sagte der DCI und erhob sich.

„*Halten Sie mich auf dem Laufenden, Hayes!*", sagte der Superintendent und machte einen tiefen Zug aus seiner „James Upshall".[7]

Als DCI Hayes an Iris vorbeiging, sagte er lächelnd:

„*Wenn du wieder einmal zu deinem Chef hineingehst, vergiss nicht, eine Sonnenbrille aufzusetzen, sonst wirst du geblendet.*"

*****

---

[7] Handgemachte Pfeife aus Bruyereholz

„*Es freut mich, dass es dir schon wieder besser geht, Brian*", sagte Danny Hayes, als er am nächsten Spätnachmittag seinem Freund einen Krankenbesuch abstattete.

„*Danke, Chief*", antwortete Brian, worauf Danny antwortete:

„*Wir sind nicht im Dienst, Brian. Also lass das mit dem <Chief>.*"

Brian lächelte.

„*Es ist ein eigenartiges Gefühl, hier zu liegen. Es führt einem die Endlichkeit des Lebens vor Augen, Danny.*"

„*Ja, mein Freund, so ist es*", antwortete Danny, „*wir glauben immer, dass der Tod weit weg ist; aber das ist nicht so.*"

„*Vor allem nicht in unserem Beruf*", erwiderte Brian lächelnd.

„*Ich soll dich von den anderen lieb grüßen*", sagte Danny, „*wie ich sehe, haben sie dir schon Blumen geschickt.*"

Und im Hinblick auf die Größe des Blumenstraußes, fügte Danny noch hinzu:

„*Da haben sie aber ordentlich in die Tasche gegriffen.*"

„Nein, nein", erwiderte Brian, „die sind nicht von den Kollegen."

„Von wem dann, Brian?", forschte Danny weiter nach, „hast du vielleicht eine heimliche Geliebte?"

„Erwischt", sagte Brian, „sie heißt Jackie."

„Der Superintendent?", fragte Danny völlig überrascht.

„Ja", antwortete Brian, „ich war genauso überrascht wie du."

„Übrigens, dem ehrenwerten Superintendenten Jack Burke haben wir zu verdanken, dass wir jetzt wissen, mit welchem Messer der Professor erstochen bzw. verletzt wurde. Es war ein Militärmesser der Firma <Sheffield Knifes>.

Ach ja, noch etwas. Der Doc hat ein kleines Plastikteilchen im Schädel des Professors gefunden."

„Da fällt mir auch etwas ein, Danny", sagte Brian, der aufmerksam zugehört hatte.

„Der DI war doch bei seiner Schwägerin im Spital. Und die hat ihm Namen und Adresse einer Familie Ahearn gegeben."

„Und was ist mit dieser Familie Ahearn?", fragte Danny.

„Deren Tochter Fiona, verheiratete Cleary, ist nach einer Operation im St. Elizabeth gestorben", antwortete Brian, *„und man spricht von einem Kunstfehler. Das behaupten zumindest die Eltern von Fiona."*

„Und der Ehemann?", fragte Danny.

„Der sitzt im Mountjoy Prison"[8], antwortete Brian.

„Wieso das denn?", fragte Danny erstaunt.

„Weil er den Professor mit einer Waffe angeschossen hat", antwortete Brian.

„Die Geschichte wird ja immer verrückter", sagte Danny und fragte dann:

„Wie haben eigentlich die Eltern damals auf den Tod der Tochter reagiert?"

„Ich glaube relativ gefasst", antwortete Brian, *„aber man müsste jemand fragen, der bei dem Prozess dabei war. Vielleicht den Staatsanwalt."*

„Das ist eine gute Idee, Brian", erwiderte Danny, *„ich kenne jemand im <Chief Prosecution Solicitors Office>*[9], *den werde ich kontaktieren."*

„Mach das, Danny, ich bin ja leider verhindert, wie du siehst", sagte Brian und deutete auf die Fla-

---

[8] Gefängnis in Dublin
[9] Staatsanwaltschaft

sche, welche über seinem Bett hing, und deren Inhalt sich mühsam den Weg in eine Vene des Patienten bahnte.

„Das werde ich, mein Freund", antwortete Danny, und ergriff Brians Hand, um sie fest zu drücken.

„Und du werde schnell wieder gesund. Wir brauchen dich."

„Danke, Danny", erwiderte Brian, *„und grüß die anderen lieb von mir!"*

*****

Es war schon dunkel, als DCI Hayes auf das Anwesen von Sir James Frost, vulgo deren Witwe, Lady Elena einbog.

„Die Mylady erwartet Sie."

Mit diesen Worten öffnete die Hausdame, Miss Margie die Tür.

„Guten Abend, mein Lieber", sagte Lady Elena und reichte dem Besucher die Hand.

DCI Hayes wollte die Hand der Lady küssen, was diese jedoch verweigerte.

Stattdessen sagte sie:

„Begrüßt man so eine liebe Freundin?"

Während sie dieses sagte, reichte sie DCI Hayes die Wange hin, als klare Aufforderung, diese zu küssen.

DCI Hayes bekam feuchte Hände. Es störte ihn ungemein, dass sich Miss Margie in unmittelbarer Nähe befand, und dem skurrilen Vorgang freudig beiwohnte, ohne jedoch ihr Gefühl nach außen zu dokumentieren.

DCI Hayes beugte sich vor und küsste Lady Elena zart auf die Wange. Und als ob das nicht schon genug gewesen wäre, reichte die Lady dem armen DCI demonstrativ auch noch die andere Wange hin und deutete mit ihrem Finger darauf.

„Da bitte auch", sagte sie, *„sonst ist sie traurig."*

DCI Hayes tat, wie gebeten, und sein Gefühl des Unbehagens nahm progressiv zu.

„Bringen Sie uns Sherry und Gebäck, Miss Margie", sagte die Mylady, *„und dann will ich sie nicht mehr sehen.*

Gehen Sie von mir aus ins Kino oder in den Pub. Hauptsache, Sie verschwinden."

„Sehr wohl Mylady", antwortete Miss Margie, machte einen ordentlichen Knicks und entschwand.

Als Miss Margie den Raum verlassen hatte, widmete sich Helen, die sie beschloss, ab jetzt nur noch zu sein, ihrem verdutzen Besucher.

„Habe ich dich zu sehr geschockt, Chief Inspector?"

DCI Hayes, sonst verbal reaktionsschnell und Owner[10] einer schnellen Zunge, suchte noch nach seiner Fassung, während Lady Helen ihn erwartungsvoll ansah.

Als er sie gefunden hatte, bemühte er sich, ein cooles Lächeln hervorzuzaubern, was ihm jedoch nur mäßig gelang.

„Setz dich zu mir", sagte Helen, *„ich denke, du hast eine Erklärung verdient.*

Mein bürgerlicher Name war – vor meiner unseligen Eheschließung – Helen, Mary Wilkinson.

Ich wurde als einziges Kind auf einer Schaffarm geboren und aufgezogen von zwei wunderbaren Menschen: Henry und Patricia Wilkinson.

Tragischerweise habe ich mich in einen Blender von Gottes Gnaden verliebt und mich von ihm heiraten lassen.

---

[10] Inhaber

Das Schicksal meinte es jedoch gut mit mir, indem es mir die Mutterfreuden versagte; jedoch sehr zum Verdruss meines Gatten.

Der feine Mr. Frost machte seinem Namen alle Ehre. Er arbeitete sich rücksichtslos nach oben, wobei man zugestehen muss, dass er ein hervorragender Chirurg war.

Ich blieb bei der ganzen Angelegenheit auf der Strecke, und ich habe mir, mehr als einmal gewünscht, wieder das kleine Mädchen auf der Schaffarm zu sein.

Trotz der ungezählten Seitensprünge meines Mannes blieb ich bei ihm. Ich war wohl zu stolz, meinen Eltern gegenüber einzugestehen, dass sie recht hatten. Sie hatten mich eindringlich vor dieser Verbindung gewarnt.

Und dann kommt ein Mannsbild daher, das mir gefällt, und das genau dem Bild entsprechen würde, welches meine Eltern von einem rechtschaffenen Menschen haben.

Bleibt jetzt nur noch die Frage, ob die Frau, die ihm gerade ihr Herz ausgeschüttet hat, dem Chief Inspector auch ein wenig gefällt ... "

Es folgte Schweigen. Daniel sah Helen an, und als er bemerkte, wie sich ihre Augen langsam mit Tränen zu füllen begannen, nahm er ihr Gesicht zwischen seine Hände und küsste sie.

„Sehr sogar, du Mädchen vom Land", sagte Daniel, „du ahnst ja gar nicht, wie sehr."

„Dann ist jetzt alles gut?", fragte Helen zögerlich, und Daniel antwortete:

„Sehr gut, sogar."

Helen lachte. Der Stein, der ihr gerade vom Herzen fiel, war ordentlich groß.

„Wärst du mir sehr böse, wenn ich- nur für ein paar Minuten - dienstlich werden würde?", fragte Daniel, um dem eigentlichen Grund seines Besuches gerecht zu werden.

„Nein", antwortete Helen, „aber nur, wenn du mir danach ganz allein gehörst, und zwar bis morgen Früh."

„Versprochen", antwortete Daniel und schlüpfte unmittelbar danach in die Haut von DCI Hayes.

„Ist dir bekannt, dass dein verstorbener Ehemann während seiner Arbeit im Spital Kunstfehler gemacht hat?"

„Ich weiß nur von einem", antwortete Helen, „aber der hat damals viel Staub aufgewirbelt."

„War das vor seinem Ritterschlag oder danach?", fragte DCI Hayes.

„Kurz davor", antwortete Helen, *„das war ja das Problem."*

„Wie meinst du das?", fragte der DCI, und Helen antwortete:

„Wäre damals herausgekommen, was wirklich passiert ist, dann säße heute Mrs. Frost vor dir und nicht Lady Helen."

„Und was ist damals passiert?", bohrte DCI Hayes ungeduldig weiter.

„James hat einen Fehler begangen. Er hat nach der OP vergessen, ein Bauchtuch zu entfernen. Und es dürfte wohl auch Alkohol im Spiel gewesen sein.

Das war kurz danach, als ihm mitgeteilt worden war, dass er zum <Sir> ernannt werden würde. Seine Nerven lagen damals blank, und er versuchte sich mit Alkohol zu beruhigen."

„Und das hat er dir alles so erzählt?", fragte DCI Hayes überrascht.

„Er weinte damals wie ein kleines Kind. Die Angst, nicht zum <Knight Of The British Empire> geschlagen zu werden, war übermächtig", antwortete Helen.

„Und wie hat er das Problem gelöst?", fragte DCI Hayes.

„*Ein junger Assistenzarzt hat das Bauernopfer gespielt. Er bekam eine ansehnliche Summe und ein Empfehlungsschreiben für eine andere Klinik.*"

„*Und das hat wirklich funktioniert?*", fragte DCI Hayes fassungslos.

„*Erstaunlicherweise - ja*", antwortete Helen, „*nachdem James zum Ritter geschlagen war, verlief die Angelegenheit im Sand. Und als dann noch das Attentat auf ihn verübt wurde, gehörte ihm das Mitgefühl des ganzen Landes. Sogar aus dem Buckingham-Palast kamen die Genesungswünsche.*"

„*Du hast mir gerade sehr geholfen, Helen*", sagte DCI Hayes und beugte sich – jetzt wieder und ausschließlich Daniel – zu Helen, um sie zu küssen.

„*Ich freue mich sehr, mit dir den Abend und die Nacht zu verbringen.*"

„*Das ist schön, mein Liebling*", erwiderte Helen, „*du gibst mir damit mein längst verlorenes Gefühl zurück, geliebt und begehrt zu werden.*"

*****

DCI Hayes hatte seinen Stellvertreter, DI Walsh, mit der Befragung des Ehepaares Ahearn beauftragt.

Dieser war, in Begleitung von DC Nolan, nach Maynooth gefahren, eine kleine Stadt, etwa 30 km außerhalb von Dublin.

Kevin Ahearn hatte die beiden Kriminalbeamten ins Haus gebeten, jedoch nicht ohne deren Dienstausweise genau zu überprüfen.

„Ich kann mir denken, warum Sie gekommen sind. Es ist wegen des Todes von diesem Quacksalber."

Mit diesen Worten hatte Kevin Ahearn die beiden Männer begrüßt, und sowohl die Wortwahl als auch die Art des Gesagten ließen eine deutliche Verbitterung erkennen.

Die Frau, welche in einem Lehnstuhl, der nahe beim Fenster stand, saß, schenkte den Eintretenden keine Beachtung.

„Das ist meine Ehefrau Mailin, bzw. das, was noch von ihr übrig ist", sagte Kevin Ahearn und hieß die beiden Männer Platz zu nehmen.

Als DI Walsh zuvor noch Mrs. Ahearn begrüßen wollte, sagte Kevin Ahearn.

„Das hat keinen Zweck, Inspector, sie nimmt sie nicht wahr."

„Das tut mir leid, Mr. Ahearn", sagte DI Walsh, *„seit wann ist das so?"*

„*Seit der Professor unser Kind getötet hat*", antwortete Kevin Ahearn.

„*Aber es gab damals doch keine Beweise*", sagte DC Nolan, was ihm einen strafenden Blick seines Vorgesetzten einbrachte.

Kevin Ahearn griff zu seinem Whiskeyglas und nahm einen kräftigen Schluck daraus. Als er den fragenden Blick von DI Walsh sah, sagte er:

„*Entschuldigen Sie meine Unhöflichkeit. Darf ich Ihnen auch einen anbieten?*"

DI Walsh lehnte dankend ab mit der Begründung, dass sie im Dienst wären. Dass es noch viel zu früh für Alkohol sei, ließ er jedoch unerwähnt.

„*Sie waren beim Militär?*", fragte er stattdessen, denn er hatte eine Fotografie entdeckt, welche an der Wand hing.

„*Staff Sergeant im 1. Bataillon des Royal Irish Regiments. Das Bild entstand während meines Einsatzes im Irak 2003*", kam prompt die Antwort von Kevin Ahearn, nicht ohne einen stolzen Unterton.

„*Sind Sie noch aktiv?*", fragte DI Walsh beeindruckt, worauf Kevin Ahearn antwortete:

„*Leider nein, Sir. Ich war gern Soldat. Aber der Tod meiner Tochter…*"

Kevin Ahearn machte eine kurze Pause, bevor er fortfuhr. Er hatte große Mühe weiterzusprechen.

„Und jetzt bin ich Kindermädchen für eine erwachsene Frau."

DI Walsh fühlte sich in diesem Moment äußerst unbehaglich. Am Liebsten hätte er die Befragung abgebrochen.

„Besitzen Sie ein <British Army Clasp Knife>?", fragte DI Walsh, und Kevin Ahearn sah den DI einen Moment lang verständnislos an, antwortete dann aber:

„Jeder Soldat der British Army besitzt so eines."

„Und haben Sie ihres noch?", fragte DI Walsh.

Anstatt darauf zu antworten, stand Kevin Ahearn auf und verließ den Raum. Als DC Nolan ihm folgen wollte, hielt ihn der DI zurück.

Gleich darauf kam Kevin Ahearn wieder zurück.

„Ich kann es nicht finden", sagte er, *„ich muss es wohl verlegt haben. Oder meine Frau hat es verräumt."*

Die beiden Kriminalbeamten sahen einander an. Dann stellte DI Walsh die Frage aller Fragen:

„Wo waren Sie am 12. Juni zwischen 22:00 und 23:00 Uhr?"

Kevin Ahearn schien gar nicht überrascht, bevor er antwortete:

„Das weiß ich nicht. Vermutlich zuhause, wie fast jeden Tag."

Diese Antwort, in Verbindung mit dem Nichtauffinden des Militärmessers, war Grund genug für DI Walsh zu sagen:

„Mr. Ahearn, ich nehme Sie fest wegen des Verdachts, Sir James Frost ermordet zu haben."

„Das geht nicht", erwiderte Kevin Frost erregt, *„Sie sehen doch, ich kann meine Frau nicht allein lassen."*

„Gibt es keine Verwandten, die sich um sie kümmern könnten?", fragte DI Walsh, und Kevin Ahearn antwortete:

„Meinen Schwiegersohn haben Sie ja schon eingesperrt und meine Tochter ist tot."

„Was ist mit Freunden oder Nachbarn?", fragte DI Walsh weiter.

„Ich könnte Mrs. Quickley fragen", antwortete Kevin Ahearn, der jetzt erstaunlich gefasster wirkte.

„Wer ist das?", fragte DI Walsh, und Kevin Ahearn antwortete:

„Die Nachbarin."

„Gut, dann machen Sie das", erwiderte DI Walsh, *„DC Nolan wird Sie begleiten."*

*****

„Kannst du dir wirklich vorstellen, dass dieser Mann den Professor ermordet hat?", fragte der DCI seinen Kollegen.

Er stand mit DI Walsh hinter der Glasscheibe, welche zum Verhörraum gehörte.

„Ich weiß es nicht", antwortete DI Walsh, *„Grund genug dazu hätte er ja gehabt."*

„Ja, schon", erwiderte DCI Hayes. *„Aber warum erst jetzt und nicht schon viel früher?"*

„Keine Ahnung", antwortete DI Walsh. *„Geh hinein und finde es heraus."*

DCI Hayes ging in den Verhörraum und nahm gegenüber von dem Verdächtigen Platz.

„Ich bin DCI Hayes und leite die Ermittlung", stellte er sich vor und aktivierte das Mikrofon.

„Sie wissen, warum Sie hier sind?", fragte der DCI, worauf Kevin Ahearn antwortete:

„Ich weiß es, Sir; aber ich frage mich, ob Sie es wissen."

Diese Antwort überraschte den DCI. Er erkannte, dass der Mann, der ihm gegenübersaß, kein dummer Mensch war.

„Da irren Sie sich, Mr. Ahearn, denn ich kann Ihnen sehr wohl sagen, warum Sie hier sind.

Fakt ist, dass ein Mann ermordet wurde, den Sie für den Tod Ihrer Tochter verantwortlich machen.

Fakt ist, dass Sie ihr Army-Knife, das von der Art her die Mordwaffe ist, nicht auffinden können.

Fakt ist, dass Sie für die Tatzeit kein Alibi haben.

Und Fakt ist vermutlich auch, dass Sie einen unbändigen Hass auf den Mann hatten, der vermutlich zum Tod Ihrer Tochter beigetragen hat."

Mit jedem Wort, das sich Kevin Ahearn anhören musste, war auch die Wut in ihm gestiegen. Er beugte sich vor und sagte laut:

Fakt ist, dass ich mich freue, dass dieses Schwein tot ist.

Fakt ist, dass ein solches Army Knife ungezählt viele Menschen besitzen. Und das sind ganz sicher nicht nur Angehörige der Army.

Fakt ist, dass ich kein Alibi für die Tatzeit habe, weil ich keines brauche; denn ich bin nicht der Mörder.

Und Fakt ist auch, dass ich – wenn ich der Mörder wäre – ganz bestimmt kein Army Knife verwendet hätte. Dazu bin ich nicht dumm genug."

Die beiden Verbalkontrahenten sahen einander schweigend an. Dann sagte DCI Hayes:

"Kevin Ahearn, sind Sie der Mörder von Sir James Frost?"

"Nein!"

Die Antwort des Beschuldigten war deutlich.

"Sie bleiben bis auf Weiteres in Untersuchungshaft."

Mit diesen Worten beendete DCI Hayes das Verhör und verließ den Raum. Dem draußen wartenden DI Walsh sagte er:

"Ich glaube nicht, dass er es war."

*****

Das „Royal Oak" war gut besucht. DCI Hayes und DI Walsh saßen seit langer Zeit wieder einmal in ihrem Lieblingspub zusammen.

„*Wie geht es Mary und den Kindern?*", fragte Daniel Hayes seinen Freund.

„*Mary geht es gut, und die Kinder fragen ab und zu nach ihrem Onkel Daniel*", antwortete Liam Walsh.

„*Ich weiß, Liam*", antwortete Daniel, „*ich sollte mich öfter blicken lassen.*"

„*Öfter als zwei-, dreimal?*", scherzte Liam, „*ich weiß nicht, ob das die Kinder verkraften würden.*"

„*Jetzt übertreib nicht*", versuchte Daniel sich zu verteidigen, aber Liam erwiderte:

„*Dein Patenkind Pat hat sogar schon einen Freund, was ihrer Mutter den Schlaf raubt. Das weiß der liebe Onkel Danny nicht, oder?*"

„*Ist das wahr?*", fragte Daniel, „*Patricia ist doch gerade erst einmal vierzehn Jahre alt.*"

„*Fünfzehn*", korrigierte ihn Liam, „*noch nicht einmal das weißt du.*"

„*Du kannst wieder nachlassen, Liam*", sagte Daniel. „*Ich geb's ja zu; ich sollte öfter mal bei euch vorbeischauen.*"

„*Die Kinder würde es freuen, und Mary auch*“, sagte Liam.

„*Und was ist mit dir?*“, fragte Daniel.

„*Ich habe schon große Mühe, dich auf der Dienststelle auszuhalten*“, gab Liam lachend zurück.

Er stand auf und besorgte noch zwei Pint Guinness. Inzwischen hatte Musik eingesetzt. Eine Gruppe, bestehend aus Fiddle, Akkordeon, Banjo und Bodhrán[11] spielten alte irische Volksweisen.

Als Liam mit dem Bier zurückkam, hörte er, wie Daniel aus Leibeskräften „Whiskey in the Jar“ mitsang, welches von der Gruppe gerade gespielt wurde.

„*Du kannst doch gar nicht singen*“, zog Liam seinen Freund auf, „*du vertreibst noch die anderen Gäste.*“

Daniel musste lachen und hörte auf.

„*Das ist der Grund, warum ich gern mit dir hier sitze*“, sagte Daniel, „*den ganzen Mist da draußen vergessen und ein paar Schritte in der Vergangenheit gehen.*“

„*Das geht mir genauso*“, erwiderte Liam, erhob sein Glas, stieß mit dem Freund an und sagte „Sláinte!“[12]

---

[11] Irische Rahmentrommel
[12] Prost (*Slorn-tsche*)

„Wann wendest du dich endlich wieder dem anderen Geschlecht zu?", fragte Liam nach einer Weile urplötzlich den Freund.

Daniel sah Liam an. Es war jetzt über ein Jahr her, dass Mandy tot war. Sie war Daniels Freundin und bei einem Verkehrsunfall ums Leben gekommen.

Ein betrunkener, junger Bursche wollte mit dem Auto seines Vaters eine Spritztour machen und kam in einer Kurve auf die Gegenfahrbahn. Mandy verstarb noch am Unfallort.

Der gerade noch eben singende, fröhliche Daniel bekam feuchte Augen. Die Erinnerung schmerzte ihn noch immer.

Er musste daran denken, dass er noch vor wenigen Stunden mit einer Frau im Bett gelegen war, zu der er sich hingezogen fühlte.

Und plötzlich empfand er Reue darüber. Es kam ihm vor, als hätte er seine große Liebe verraten.

„Was ist mit dir, Danny?", fragte Liam, der die Veränderung seines Freundes bemerkt hatte.

„Ist schon gut, Liam", sagte Daniel, *„ich musste gerade daran denken, dass ich einen Fehler begangen habe."*

Und dann erzählte er Liam von der Affäre mit Helen.

Liam musste das erst einmal sacken lassen. Eine Affäre mit einer Verdächtigen in einem Mordfall zu beginnen, das war schon ein ordentlicher Brocken.

„Liebst du diese Frau oder begehrst du sie nur?", fragte er Daniel, und Daniel antwortete nach langem Zögern:

„Ich liebe sie ebenso sehr, wie ich sie auch begehre; aber ist das nicht falsch?"

„Die Liebe, so sie von Herzen kommt, ist niemals falsch", antwortete Liam.

„Aber ist es nicht Verrat an Mandy?", fragte Daniel unsicher.

„Nein, mein Freund", antwortete Liam, *„und Liebe über den Tod hinaus zerstört nur den, der übrig bleibt und kann niemals das Wollen dessen sein, der gegangen ist."*

Daniel sah Liam lange an. Es war das erste Mal, dass Daniel über den Tod von Mandy zu jemandem gesprochen hatte.

Und dass er die Affäre mit Helen offenbarte, zeigte, welch großes Vertrauen er zu seinem Freund hatte.

„Es ist gut, einen Freund wie dich zu haben", sagte er dann, und fügte hinzu:

„Jetzt brauche ich einen Whiskey. Und am Wochenende komme ich zu euch, ob dir das passt oder nicht."

*****

„Möchtest du nicht dein Bett hier aufschlagen?", fragte Iris, als DCI Hayes das Vorzimmer des Superintendenten betrat.

„Eine verlockende Idee, Iris", antwortete der DCI, *„aber nur, wenn du das Lager nächtens mit mir teilst."*

Iris lachte und antwortete:

„Was will ein feuriger Hengst mit einer alten, klapprigen Stute."

„Das nennt man <Fishing for Compliments>, liebe Iris", entgegnete der DCI und fragte dann:

„Kann ich hineingehen?"

„Du kannst es ja versuchen", antwortete Iris, *„aber wenn du zu schwach, bist, dann kann ich dich auch tragen."*

DCI Hayes mochte das verbale Scharmützel ebenso sehr wie Iris, und sie waren stets darauf bedacht, die Grenzen des Anstands und des Respekts nicht zu überschreiten.

Der Superintendent ging wie immer seiner Lieblingsbeschäftigung nach, dem Pfeifenrauchen.

Es war unvorstellbar, dass er dieses Teil jemals aus der Hand legen könnte. Vermutlich rauchte er sogar im Schlaf.

„Daniel", sagte er froh gelaunt, „kommen Sie, setzen Sie sich."

Kaum, dass der DCI Platz genommen hatte, erfuhr er auch schon den Grund für die gute Laune des Superintendenten.

„Ich habe gehört, Sie haben den Fall so gut wie gelöst; Glückwunsch mein Lieber!"

„Danke, Sir!", antwortete der DCI, „aber das ist noch nicht so sicher. Wir haben zwar einen Hauptverdächtigen, aber noch keine Beweise."

„Die werden Sie schon finden, Daniel", gab sich der Superintendent hoffnungsfroh, „da bin ich mir sicher."

DCI Hayes ließ diese Äußerung unkommentiert und ließ stattdessen seinen Vorgesetzten weitersprechen.

„Zu meiner Zeit waren die Dinge weit weniger kompliziert", fuhr der Superintendent fort, „heutzuta-

ge braucht es Beweise über Beweise, und der gesunde Menschenverstand zählt überhaupt nicht mehr."

„Es ist ein großes Glück, dass du deine Zeit hinter dem Schreibtisch verbringst und nicht davor", dachte der DCI und auch, dass sein Vorgesetzter im gleichen Alter war wie er selbst. Vielleicht ja sogar noch ein Jahr jünger.

Dass es dieser Mann zum Superintendenten gebracht hatte, war weniger auf seine Verdienste zurückzuführen als auf die Tatsache, dass sein Schwiegervater Mitglied im Parlament war.

„Wie geht es Ihrem Mitarbeiter...", fragte der Superintendent, dessen Name ihm gerade offenbar nicht einfallen wollte.

„DC Mulligan ist auf dem Weg der Besserung", antwortete DCI Hayes, worauf der Superintendent sagte:

„Dann sind Sie bald wieder vollständig."

„Eher nicht, Sir", antwortete der DCI, *„an den Krankenhausaufenthalt schließt sich eine mehrwöchige Reha an."*

„Ach so", sagte der Superintendent und ließ danach eine längere Pause folgen.

„Wenn sonst nichts mehr ist", versuchte der DCI das Gespräch zu beenden, und der Superintendent antwortete:

„Nein, nein, mein Lieber; das wäre alles. Schauen Sie, dass Sie Ihre Beweise finden, und grüßen Sie mir den DC."

„Mache ich, Sir", antwortete DCI Hayes, „und vielen Dank für das Gespräch."

„Immer wieder gern, Daniel", erwiderte der Superintendent „und schließen Sie die Tür, wenn Sie gehen."

Der DCI fragte sich einmal mehr, ob man vor solch einem Mann überhaupt Respekt haben kann.

„Wie hältst du es nur aus mit diesem Menschen?", fragte der DCI, als er bei Iris vorbeiging, und Iris antwortete lächelnd:

„Die Gelassenheit des Alters, Daniel."

*****

„Darf ich Sie kurz stören?"

Die Frage kam von DS Collins, die an den Schreibtisch ihres Chefs herangetreten war.

„Was gibt`s Collins?", fragte der DCI kurz angebunden. Das Verhältnis zu seinem Sergeant hatte sich seit dem unseligen Vorfall vor ein paar Tagen noch nicht verändert.

„*Es geht um die Zigarettenschachtel*", antwortete DS Collins.

„*Was für eine Zigarettenschachtel?*", fragte der DCI, und DS Collins antwortete:

„*Um eine leere Packung <PLAYERS VIRGINIA NO. 6>, die DC Mulligan am Tatort gefunden hat.*"

„*Und weiter…*", drängte der DCI.

„*DC Mulligan wollte sich darum kümmern*", antwortete DS Collins, „*aber dann passierte ja das mit seinem Infarkt.*"

„*Dann übernehmen Sie das jetzt*", sagte DCI Hayes, „*das werden Sie ja wohl noch hinbekommen.*"

Der herablassende Ton ihres Vorgesetzten tat DS Collins sehr weh, und sie musste sich mit aller Kraft zusammenreißen, um nicht zu weinen.

„*Das ist leider nicht möglich, Sir*", antwortete DS Collins, wobei sie sich sehr bemühte, ihrer Stimme Festigkeit zu verleihen.

„*Was heißt das nun wieder?*", fragte der DCI, und seine Stimme ließ eine zunehmende Ungeduld erkennen.

„Ganz einfach, Sir. Das bedeutet, dass die Zigaret-tenschachtel nicht bei der Spurensicherung ange-kommen ist."

DS Collins hatte all ihre Wut und Enttäuschung in diese Worte gelegt, was die Schärfe des Gesagten eindeutig widerspiegelte.

Der DCI sah seine junge Kollegin prüfend an. Er war unschlüssig, wie er auf diese Respektlosigkeit reagieren solle.

Als er jedoch sah, wie sich Emilys Augen allmäh-lich mit Tränen füllten, musste er daran denken, wie tüchtig im Grunde genommen diese Frau doch war.

Dass sie so jung schon Detective Sergeant war, nötigte ihm Respekt ab. Und vielleicht hatte er ja auch in Sachen „Helen" etwas überreagiert.

Er sah auf das erbärmliche Häufchen Kollegin und plötzlich empfand er Mitleid.

„Hören Sie zu, Emily", sagte DCI Hayes, *„Sie fahren jetzt zu DC Mulligan ins Krankenhaus und klären das.*

Diese verflixte Zigarettenschachtel wird ja noch irgendwo zu finden sein. Und dann lassen Sie sie nach Fingerabdrücken untersuchen.

Und wer weiß, vielleicht bringt uns das ja weiter. Also los; Sie schaffen das schon."

Emily konnte zwar nicht mehr verhindern, dass ihr eine kleine Träne über die Wange kullerte; aber ihr strahlendes Lächeln trocknete sie augenblicklich.

„Danke, Sir", sagte sie voller Inbrunst, *„ich werde Sie nicht enttäuschen."*

„Das weiß ich, Emily", erwiderte der DCI, *„und ab sofort wieder <Chief>, ist das klar?"*

„Jawohl Sir – ich meine natürlich <Chief>", antwortete DS Collins, und um ein Haar wäre sie DCI Hayes um den Hals gefallen.

*****

DS Collins schob eine Welle der Euphorie vor sich her, als sie schon von Weitem rief:

„Es gibt einen Treffer!"

Damit meinte sie das Ergebnis der Spurensicherung, in Bezug auf eventuell vorhandene Fingerabdrücke.

Der Triumph im Blick von DS Collins war unübersehbar, als sie vor dem Schreibtisch von DCI Hayes stand. Sie hielt den Bericht der Spurensicherung in ihrer Hand wie eine Trophäe und wedelte heftig damit herum.

„*Nun geben Sie schon her, Emily*", sagte der DCI und griff nach dem Papier. DI Walsh und DC Nolan hatten sich inzwischen dazugesellt.

DCI Hayes las den Bericht durch und fragte dann:

„*Was wissen wir über diesen Rory Flinn?*"

„*Rory Flinn?*", mischte sich DC Nolan ein, „*das sagt mir etwas.*

„*Rory Flinn, 26 Jahre alt, aus Castleknock, englischer Staatsbürger, vorbestraft wegen Einbruchdiebstahl und schwerer Körperverletzung und Widerstand gegen die Staatsgewalt. Derzeit auf Bewährung.*"

„*Jetzt erinnere ich mich wieder*", sagte DI Walsh, als DS Collins am Ende ihres Berichtes war, „*das war die Geschichte mit der Schlägerei in einem Pub, wo Flinn einen anderen Gast beinahe zu Tode geprügelt hat.*"

„*Das klingt wie ein guter Kandidat für den Mord an dem Professor*", sagte DC Nolan.

DCI Hayes war zwar nicht angetan von diesem Kommentar, aber er stimmte ihm dennoch zu.

„*Fahren Sie mit einem Streifenwagen zu diesem Herrn und bringen Sie ihn her*", sagte er zu DC Nolan, und als er in das erwartungsvolle Gesicht von DS Collins sah, ergänzte er:

„*DS Collins wird Sie begleiten.*"

Als DS Collins und DC Nolan in der Wohnung von Rory Flinn ankamen, war der Vogel bereits ausgeflogen.

Eine Durchsuchung der Räumlichkeiten erbrachte leider nichts Verwertbares. Die Enttäuschung der beiden Kriminalbeamten war groß, als sie unverrichteter Dinge wieder abziehen mussten.

DS Collins fürchtete, dass der Chief ebenso sehr enttäuscht sein würde, und sie war überrascht, als dem nicht so war.

Stattdessen fragte er:

„Und wo war jetzt eigentlich diese leere Zigarettenschachtel?"

„Sie werden lachen, Chief", antwortete DS Collins, *„die Zigarettenschachtel hing die ganze Zeit direkt vor unserer Nase."*

„Das verstehe ich nicht", sagte der DCI ungläubig, *„können Sie mir das näher erklären?"*

„Natürlich, Chief", antwortete DS Collins, und dann erzählte sie die unglaubliche Geschichte:

DC Mulligan hatte, neben der Leiche des Professors, eine leere Zigarettenschachtel gefunden. Er hat sie eingetütet und in seine Manteltasche gesteckt. Als er wieder im Präsidium war, wollte er damit zur Abteilung „Spurensicherung" gehen.

Dann passierte das mit seinem Infarkt. Die Rettungssanitäter haben DC Mulligan den Mantel ausgezogen, um eine Erstversorgung vornehmen zu können.

Den Mantel haben sie an einen Haken an der Wand gehängt, wo er die ganze Zeit über in Vergessenheit geraten ist. Danach haben sie DC Mulligan mitgenommen.

DCI Hayes hatte den Ausführungen von DS Collins aufmerksam zugehört, begleitet von einem feinen Lächeln.

„Das ist die verrückteste Geschichte, die mir je untergekommen ist", sagte er am Ende und fragte dann:

„Und wie sind Sie darauf gekommen?"

„Ganz einfach, Chief", antwortete DS Collins, *„ich war bei DC Mulligan im Krankenhaus und habe ihn gefragt."*

„Ein Glück, dass er sich daran erinnern konnte", sagte der DCI, und DS Collins erwiderte:

„Nicht gleich. Es hat ein Weilchen gedauert; aber so nach und nach konnte sich der DC schließlich doch noch daran erinnern."

„Jetzt müssen wir nur noch diesen Rory Flinn auftreiben."

„*Die Großfahndung läuft, Chief*", entgegnete DS Collins, worauf DCI Hayes sagte:

„*Gut gemacht, Emily!*"

Die kleine Versammlung um den Tisch von DCI Hayes hatte sich aufgelöst. DS Collins war zu DC Nolan gegangen, um ihm eine wichtige Mitteilung zu machen.

„*Dir ist schon klar, dass ich den Jackpot geknackt habe.*"

„*Wieso?*", fragte DC Nolan argwöhnisch.

„*Weil ich ihn zum Lachen gebracht habe*", antwortete Emily.

„*Und wann soll das bitte gewesen sein?*", fragte Connor Nolan.

„*Tu nicht so, Connor*", antwortete Emily, „*das weißt du ganz genau. Du warst ja selbst dabei, als ich dem Chief die Geschichte mit dem Mantel erzählt habe.*"

„*Ach so, das meinst du*", erwiderte Connor, „*das war doch höchstens ein Lächeln.*"

„*Na und?*", sagte Emily, „*das genügt völlig, um die Wettbedingungen zu erfüllen. Oder kannst du dir vorstellen, dass der Chief jemals lacht wie ein krankes Pferd?*"

„Nein, natürlich nicht", antwortete Connor resigniert. Er war zwar nicht wirklich davon überzeugt, dass die Wettbedingungen erfüllt waren, wollte es sich mit Emily nicht verscherzen, zumal diese wieder voll in der Gunst des Chiefs verweilte.

„Ich mach dir einen Vorschlag", sagte Emily, *„ich werde nicht das ganze Geld nehmen. Einen Teil davon verwenden wir zum Kauf für eine gute Flasche Whiskey und einen schönen Blumenstrauß. Und die bringen wir dann Brian ins Krankenhaus. Was hältst du davon?"*

„Das finde ich gut, Emily", antwortete Connor und war mit dieser Entscheidung höchst zufrieden.

*****

Miss Margie war von ihrer Herrschaft wieder vor die Wahl „Kino oder Pub" gestellt worden, nachdem sie Tee und Gebäck serviert hatte.

Der Salon lag im Halbdunkel und das Feuer im Kamin warf seinen tanzenden Lichtschein immer wieder in den Raum hinein.

„Das wollte ich schon immer einmal machen", sagte Helen, als sie mit Daniel eng umschlungen auf einem dicken Fell vor dem Kamin lag.

„*Und warum hast du es nie gemacht?*", fragte Daniel.

„*Was glaubst du, mein Liebling?*", erwiderte Helen. „*Kannst du dir ernsthaft vorstellen, dass ein Knight of the Britisch Empire sich wollüstig auf dem Boden vor dem Kamin wälzt?*"

„*Warum nicht?*", antwortete Daniel, „*noch bis vor wenigen Augenblicken hätte ich mir auch nicht vorstellen können so etwas zu tun.*"

„*Und?*", fragte Helen erwartungsvoll, „*gefällt es dir?*"

„*Etwas mehr Bequemlichkeit wäre mir schon lieber*", antwortete Daniel.

„*Du bist ein Spielverderber*", sagte Helen schmollend und wollte sich erheben, aber Daniel hielt sie zurück.

„*Bleib bitte*", sagte Daniel, „*ich habe es nicht so gemeint.*"

Dann deutete er auf das Fell und fragte:

„*Wo hast du dieses Teil her?*"

„*Selbst erlegt*", antwortete Helen, die ihren Schmollwinkel bereits wieder verlassen hatte und fügte hinzu:

„*Vor wenigen Tagen in einem Kaufhaus.*"

„*Extra für uns?*", fragte Daniel, „*dann müssen wir das unbedingt öfter machen.*"

„*Du bist scheußlich*", sagte Helen gespielt und beugte sich über Daniel.

„*Halte mich ganz fest, liebe mich und lass mich nie wieder los!*"

„*Das mache ich, mein Liebling*", antwortete Daniel und war überrascht, wie leicht es ihm über die Lippen ging.

„*Ich dachte schon, du liebst mich nicht mehr*", sagte Helen, als sie wenig später in Daniels Armen lag. „*Du hast lange nichts von dir hören lassen...*"

„*Das tut mir leid*", antwortete Daniel, „*die Arbeit. Und außerdem musste ich mir über etwas Klarheit verschaffen.*"

„*Hat das etwas mit uns zu tun?*", fragte Helen.

Daniel zögerte einen Augenblick, und dann erzählte er von Mandy, seiner großen Liebe.

Helen hatte aufmerksam zugehört.

„*Ich will nicht Mandy sein*", sagte sie, „*und ich will diese Frau auch nicht aus deinem Herzen verdrängen. Behalte sie stets in deinem Herzen, denn sie ist ein Teil von dir.*

Ich wünschte mir nur, dass auch ein klein wenig Platz für mich in deinem Herzen wäre."

Daniel sah Helen an, und im selben Augenblick wusste er, dass seine Liebe zu dieser Frau keinesfalls ein Verrat an Mandy ist.

Es ist genügend Platz für euch beide", sagte Daniel, nahm Helens Gesicht in seine Hände und fügte hinzu:

„Ich liebe dich!"

*****

Schon wenige Tage später ging der Vogel ins Netz.

Ein gewisser Jack Brown wurde am Dublin Airport festgenommen, weil er falsche Papiere hatte und wie sich herausstellte, auch einen falschen Bart.

„Nicht gerade die hellste Kerze auf der Torte, dieser Rory Flinn", sagte DCI Hayes, als er davon erfuhr.

„Wollen Sie - zusammen mit DI Walsh - die Vernehmung durchführen?", fragte der DCI Hayes DS Collins, worauf diese freudig antwortete:

„Sehr gern, Chief."

„Wie darf ich Sie ansprechen, Sir?", fragte DI Walsh den Gefangenen, *„mit Mr. Brown oder mit Mr. Flinn?"*

Rory Flinn stand die Überraschung förmlich ins Gesicht geschrieben. Er schien allen Ernstes über die Beantwortung dieser Frage nachzudenken.

Noch bevor er jedoch zu einer Antwort ansetzen konnte, nahm ihm DI Walsh die Entscheidung ab.

„Wir nennen Sie einfach <Flinny Boy[13]>, wenn Sie einverstanden sind. Das kommt Ihrem Geisteszustand wohl am nächsten."

Als Rory Flinn den Aufruf der Polizei in den Medien entdeckte, war er nur noch von einem Gedanken beseelt: Flucht.

Es war ihm sofort klar, warum man ihn suchte. Er besorgte sich einen falschen Pass und einen Theaterbart, um damit unerkannt das Land verlassen zu können.

Zu wenig Bargeld bescherte ihm jedoch einen Pass 2. Wahl und wenig später die Festnahme am Airport.

„Sie wissen, warum Sie hier sind?", fragte DS Collins. DI Walsh hatte ihr mit einem Kopfnicken bedeutet, die Befragung fortzuführen.

Der Befragte nickte.

---

[13] Klein Flinn

„Sie geben also zu, Sir James Frost, Professor am St. Elizabeth, ermordet zu haben."

„Nein, das war ich nicht. Ich habe noch nie jemanden ermordet."

Rory Flinn war aufgesprungen, wurde aber von einem anwesenden uniformierten Beamten sofort wieder zum Sitzen veranlasst.

„Noch so eine Aktion, und ich lasse Ihnen Hand- und Fußfessel anlegen."

Diese Drohung, ausgesprochen von DI Walsh, zeigte Wirkung, obwohl sie jeglicher Grundlage entbehrte. Handschellen – ja; aber Fußfesseln?

„Ich habe diesen Mann nicht ermordet", bekräftigte Rory Flinn, und in seinem Blick spiegelte sich das nackte Entsetzen wider.

„Ein guter Schauspieler", sagte DC Nolan, der mit DCI Hayes hinter der Glasscheibe zum Verhörraum stand.

Er blickte zu seinem Vorgesetzten in der Hoffnung auf Zustimmung. Von DCI Hayes kam jedoch nichts, was darauf hindeutete.

DC Nolan fragte sich wieder einmal, was er nur falsch machte. Ganz egal, was er auch tat, es lief immer ins Leere.

„Wo waren Sie am 12. Juni, in der Zeit zwischen 22:00 und 23:00 Uhr, Mr. Flinn?", fragte DS Collins, und bevor dieser darauf antworten konnte, sagte DI Walsh:

„Ich weiß nicht, ob sich unser Flinny Boy noch daran erinnern kann bei dem wenigen Hirn, das er besitzt."

DS Collins wandte sich um und sah zur Scheibe, hinter sie DCI Hayes vermutete. Die zynische Art ihres Kollegen missfiel ihr.

Einen Verdächtigen hart rannehmen, das war o.k. für sie. Aber Zynismus und das lächerlich Machen eines Menschen, das lehnte sie ab.

DCI Hayes dachte wohl gerade dasselbe. Er hatte DI Walsh schon öfter angehalten davon Abstand zu nehmen; aber Liam Walsh konnte es einfach nicht lassen.

„Das weiß ich wirklich nicht mehr", antwortete Rory Flinn, *„es tut mir leid."*

„Es tut mir leid, es tut mir leid", äffte DI Walsh den Befragten nach, *„dann will ich deinem Gedächtnis einmal auf die Sprünge helfen: Du warst im Park vom St. Elizabeth und hast den Professor ermordet."*

„Nein, das war ich nicht!"

Rory Flinn hatte es förmlich hinausgeschrien.

DI Walsh legte eine leere Zigarettenschachtel der Marke „PLAYERS VIRGINIA NO. 6" auf den Tisch.

„Kennst du diese Marke, Flinny Boy?"

Die Frage kam messerscharf aus dem Mund des DI. Er hatte die Befragung wieder voll an sich gerissen.

Ja", antwortete Rory Flinn.

„Welche Marke rauchst du denn?", fragte der DI weiter.

Rory Flinn deutete wortlos auf die vor ihm liegende Schachtel.

„Du musst schon antworten, Flinny Boy", sagte der DI, *„das Mikrofon kann dich sonst nicht verstehen."*

„Ich rauche dieselbe Marke wie die auf dem Tisch", kam es leise aus dem Mund des Befragten.

„Und wie heißt die? Sag es laut und deutlich."

„PLAYERS VIRGINIA NO. 6", antwortete Rory Flinn.

"Kann es sein, dass diese Schachtel dir gehört?", fragte Di Walsh.

Rory Flinn zuckte völlig verschüchtert mit den Schultern.

„*Du musst laut und deutlich sprechen, Flinny Boy*", sagte DI Walsh, „*du weißt doch, dass dich das Mikrofon sonst nicht hören kann.*"

„*Ich weiß nicht, ob mir die Schachtel gehört*", antwortete Rory Flinn.

„*Aber ich weiß es*", erwiderte DI Walsh, „*sie gehört dir, Flinny Boy. Es sind deine Fingerabdrücke darauf. Was sagst du jetzt?*"

Jedes dieser Worte war wie Schläge, die auf den Verdächtigen herniederprasselten.

Rory Flinn sackte in sich zusammen. Plötzlich ging die Tür auf und DCI Hayes betrat den Raum.

„*Ab hier übernehme ich, DI Walsh. Sie verlassen bitte den Raum.*"

DI Walsh sah seinen Chef verständnislos an. So etwas war ihm während seiner gesamten Laufbahn noch nicht passiert.

Dass es sich hierbei um keine Bitte handelte, sondern um eine dienstliche Anordnung, war dem DI klar, und daher verließ er auch widerstandslos den Raum.

Aber dass ihn sein Freund vor den anderen Kollegen und dem Beschuldigten bloßstellte, das konnte und wollte er nicht verstehen.

DS Collins fühlte sich unwohl. Einerseits war sie sehr froh darüber, dass die Befragung durch DI Walsh ein Ende hatte, aber andererseits würde dieses Vorkommnis noch ein bitteres Nachspiel haben.

DCI Hayes war auch nicht wirklich glücklich über seine eigene Entscheidung; aber irgendwann war ihm dieses „Flinny Boy" einfach zu viel geworden.

„DS Collins, fahren Sie bitte fort mit der Befragung."

Und zu Rory Flinn gewandt:

„Möchten Sie vielleicht einen Tee oder ein Wasser?"

„Ein Tee wäre wunderbar, Sir", antwortete Rory Flinn, dem die Erleichterung förmlich im Gesicht stand, *„vielen Dank, Sir!"*

DCI Hayes machte eine Handbewegung in Richtung Glasscheibe und wenig später brachte man einen Tee für den Befragten.

„Können wir jetzt mit der Befragung fortfahren?", fragte DS Collins, und der DCI freute sich über das feine Gespür seiner Kollegin, das sie gerade an den Tag legte.

„Also, nachdem wir das mit den Fingerabdrücken geklärt haben, frage ich Sie, wie diese Zigarettenschachtel neben dem Toten zu liegen kam."

„*Ich weiß es nicht, Miss*", antwortete Rory Flinn.

„*Waren Sie in letzter Zeit einmal im St. Eliza-beth?*", fragte DS Collins, und Rory Flinn antwortete nach kurzem Nachdenken:

„*Ja, ich habe Pinky besucht. Aber wann das genau war, weiß ich nicht mehr.*"

„*Wer ist Pinky, und wie heißt er mit vollem Namen?*"

„*Pinky ist ein Kumpel aus der Szene*", antwortete Rory Flinn, „*und alle nennen ihn nur Pinky.*"

„*Und wie noch?*", fragte DS Collins. „*Nachname oder Adresse?*"

„*Weiß ich nicht, Miss*", antwortete Rory Flinn.

DS Collins legte einen weiteren Gegenstand auf den Tisch.

„*Wissen Sie, was das ist?*", fragte sie.

„*Das weiß ich*", antwortete Rory Flinn, „*das ist ein Army Messer, so eines habe ich auch einmal gehabt.*"

DS Collins sah ihren Chef kurz an und fragte dann:

„*Haben sie es verloren, Mr. Flinn?*"

„Nein", antwortete Rory Flinn, „ich habe es verkauft."

„Und an wen, Mr. Flinn?", fragte DS Collins weiter.

„Das weiß ich nicht mehr", antwortete Rory Flinn mit einem Lächeln. „Das ist schon lange her."

„Das ist eigenartig, Mr. Flinn", sagte DS Collins mit ruhiger Stimme und sehr langsam.

„Dieses Messer ist die Tatwaffe und sie trägt nur Ihre Fingerabdrücke."

Rory Flinn wurde blass. Er fühlte, wie sich die Schlinge um seinen Hals allmählich zuzog.

„Woher haben Sie das Messer?", fragte er und DS Collins antwortete:

„Kinder haben es am Rand des Parks gefunden, Mr. Flinn."

Rory Flinns Blick ging ins Leere. Er stammelte kaum vernehmbare Worte vor sich her. Plötzlich richtete er sich auf und sagte mit fester Stimme:

„Ich sage nichts mehr ohne meinen Anwalt."

Und DS Collins sagte:

„Ich nehme Sie hiermit fest wegen Mordes an Sir James Frost. Sie werden dem Haftrichter überstellt."

Nachdem Rory Flinn von zwei Beamten wegge-
führt worden war, legte DCI Hayes seine Hand auf
den Arm von DS Collins und sagte:

*„Das war sehr gute Polizeiarbeit, Emily; ich bin
stolz auf Sie."*

*****

Den Sack endgültig zu machte eine Frau, welche
sich gemeldet hatte, nachdem sie durch die Presse
darauf aufmerksam geworden war, dass Rory Flinn
des Mordes bezichtigt wurde.

Es handelte sich um Mrs. Kelly Murphy, eine An-
gestellte der Dubliner Verkehrsbetriebe, welche am
12. Juni eine Kollegin im St. Elizabeth besucht hatte
und aussagte, dass sie Rory Flinn zweifelsfrei gegen
21:00 Uhr dort gesehen habe.

Sie wäre so spät noch im Hospital gewesen, weil
sich ihre tägliche Arbeitszeit meist bis 20:00 Uhr er-
strecke, und sie daher keine Möglichkeit hätte, früher
einen Krankenbesuch abzustatten.

Daraufhin führte DS Collins, im Beisein von DCI
Hayes, eine erneute Befragung von Rory Flinn durch.

Rory Flinn hätte gar nicht die Mittel gehabt, einen teuren Anwalt zu beauftragen. Daher wurde ihm vom Gericht ein Pflichtverteidiger zur Seite gestellt.

Anthony Devine war ein junger, strebsamer Pflichtverteidiger mit viel Ehrgeiz und wenig Erfahrung.

„Mein Mandant möchte eine Erklärung abgeben", eröffnete der Pflichtverteidiger, noch bevor DS Collins mit der Befragung beginnen konnte.

Anthony Devine nickte seinem Mandanten aufmunternd zu, und Rory Flinn machte seine Aussage:

„Ich kann mich wieder erinnern, dass ich am 12. Juni im St. Elizabeth war; aber ich habe da niemand ermordet."

DS Collins sah ihren Chef kurz an und wandte sich dann Rory Flinn wieder zu.

„Und was haben Sie am 12. Juni im St. Elizabeth gemacht?"

„Das weiß ich nicht mehr, Miss", antwortete Rory Flinn, *„ich glaube, ich habe dort jemand besucht."*

DS Collins blätterte kurz in ihren Unterlagen und fragte dann:

„War das vielleicht Ihr Kumpel Pinky, von dem Sie uns bei der letzten Befragung erzählt haben?"

Rory Flinn griff wie ein Ertrinkender nach dem Strohhalm und antwortete prompt:

„Genau so ist es, Miss. Ich habe meinen alten Freund Pinky besucht. Ich erinnere mich jetzt wieder ganz genau."

Der Blick von DS Collins wanderte erneut zu DCI Hayes, und beide hatten wohl denselben Gedanken in diesem Augenblick.

„Mr. Flinn", wagte DS Collins einen erneuten Versuch, *„wollen Sie nicht gestehen? Das würde sich vor Gericht vorteilig für Sie auswirken."*

„Nötigen Sie meinen Mandanten nicht zu einem Geständnis", warf sich nun der Pflichtverteidiger mit breiter Brust in die Befragung.

„Das war keine Nötigung, Herr Anwalt", mischte sich DCI Hayes ein, *„das war lediglich eine Frage meiner Kollegin an Ihren Mandanten."*

Der junge Anwalt, welcher vielleicht genug Courage gehabt hätte, sich mit DC Collins verbal anzulegen, verzichtete hingegen bei DCI Hayes wohlweislich darauf.

„Nun, wie ist es. Mr. Flinn?", wiederholte DS Collins, *„gestehen Sie, Sir James Frost ermordet zu haben?"*

Der Blick von Rory Flinn ging hilfesuchend zu seinem Anwalt, und als von diesem kein Zeichen kam, sagte Rory Flinn, fast ein wenig trotzend:

„Ich mag ein Dieb sein und ein Betrüger; aber ein Mörder bin ich nicht."

Damit war die Befragung zu Ende, und die Gerichtsverhandlung in greifbare Nähe gerückt.

Rory Flinn wurde zurück in seine Zelle gebracht, und Anthony Devine war froh, dass sein erster Auftritt als Pflichtverteidiger vorüber war.

*****

DCI Hayes hatte seinen Freund DI Walsh zu einem Treffen in ihrem Pub gebeten. Liam Walsh zierte sich zunächst ein wenig, stimmte dann aber dennoch zu.

Als Daniel das „Royal Oak" betrat, saß Liam schon an einem Tisch und widmete sich einem Pint Guinness.

„Hallo Liam, schön, dass du gekommen bist", begrüßte Daniel freudig seinen Freund.

Das dezente *„Hallo"* von Liam glich hingegen eher einem abgenagten Knochen, dem man einem Hund hinwirft.

Daniel hatte es wohl bemerkt, überging es jedoch.

„Ich nehme an, du weißt, warum ich dich um dieses Treffen gebeten habe?", fragte Daniel, und Liam antwortete:

„Vermutlich, um mir den Stand der Dinge mitzuteilen, nachdem ich von der Ermittlung ausgeschlossen wurde."

Es lagen sehr viel Bitterkeit und Enttäuschung in diesen Worten, und sie taten Daniel weh. Sie waren seit so vielen Jahren Freunde, und doch gab es immer wieder Reibungspunkte im Beruf.

„Können wir wie zwei Menschen miteinander reden, die nicht nur erwachsen sind, sondern auch Freunde?", fragte Daniel.

Liam sah seinen Freund an. Er musste gerade daran denken, wie viele gefährliche Momente es schon in ihrem beruflichen Leben gegeben hatte, und dass jeder für den anderen da war. Und das ausnahmslos.

„Aber nur, wenn du uns Nachschub besorgst", antwortete Liam und schob Daniel sein leeres Glas hin.

„Das mache ich gern, Liam", antwortete Daniel, *„auch wenn es Erpressung ist."*

Als Daniel mit dem Bier zurückkam, spielte die Band gerade „Danny Boy", die inoffizielle Hymne der Iren.

Daniel musste lachen, und als Liam sagte, er habe das Lied speziell für Daniel bestellt, war das Eis endgültig gebrochen.

Nach einem kräftigen Schluck sagte Daniel:

„Ich möchte dir etwas sagen, und ich möchte dich bitten, mich nicht zu unterbrechen."

Liam nickte als Zeichen der Zustimmung, und Daniel sagte etwas, was ihm schon sehr lang auf der Seele brannte.

„Dass du ein hervorragender Polizist und Ermittler bist, das weißt du. Und dass du ein verlässlicher Freund bist, ebenso.

Es gibt jedoch etwas, was ich dir schon seit Langem sagen möchte, und wozu sich bisher nie der rechte Zeitpunkt ergeben hat."

Daniel machte eine kleine Pause und schaute seinen Freund an. Dann fuhr er fort.

„Es betrifft deinen Zynismus und die Art, wie du manches Mal einen Verdächtigen befragst.

Komischerweise ist das nicht immer so, und ich habe noch nicht herausgefunden, warum das so ist.

Ich finde, dass du als DI Vorbild für die jüngeren Kollegen sein solltest, damit sie etwas von dir lernen können.

Du hast bei der Befragung von Rory Flinn deine Kollegin Collins zu Tode erschreckt. Ich hatte keine andere Wahl, als dich abzulösen."

Bei dieser Bemerkung wiegte Liam mit dem Kopf leicht hin und her. Es schien, als wäre er mit dieser Ansicht nicht ganz einverstanden.

Daniel hatte es wohl bemerkt und ergänzte:

„Deine manchmal rüde Art der Befragung mag bei einer bestimmten Klientel durchaus angebracht sein; aber bei einem Würstchen wie Rory Flinn ganz sicher nicht. Kannst du mir da zustimmen?"

Liam überlegte einen kurzen Augenblick, entschloss sich aber dann, dem angebotenen Kompromiss seines Freundes zuzustimmen.

„Du hast ja recht", sagte er seinem völlig überraschten Freund, der noch bis vor wenigen Augenblicken eine solche Reaktion nicht zu hoffen gewagt hätte, fügte aber noch schnell hinzu:

„Dein Rauswurf hat mich damals sehr getroffen. Ich fühlte mich wie nackt vor den anderen Kollegen."

„Es warst aber du selber, der sich die Kleider ausgezogen hat", antwortete Daniel, indem er die Metapher seines Freundes übernahm.

Liam lächelte und Daniel fühlte eine große Erleichterung in diesem Moment.

„*Können wir uns darauf einigen, dass du künftig darauf verzichtest einen schwächeren Gegner nicht vorzuführen und deinen Zynismus nur in kleinen Dosen zu verwenden?*“, fragte Daniel, und Liam antwortete:

„*Ich kann dir nichts versprechen; aber ich werde mich bemühen. Darauf hast du mein Wort. Genügt dir das?*“

„*Voll und ganz*“, antwortete Daniel und fragte dann:

„*Whiskey?*“

„*Gern und viel*“, antwortete Liam.

„*Ich bin sehr froh, dass wir das geklärt haben, Liam*“, sagte Daniel nach dem ersten Glas Whiskey.

„*Das bin ich auch, Danny*“, antwortete Liam und fragte dann:

„*War das der Grund, warum du Mary und die Kinder versetzt hast? Sie hatte extra Irish Stew[14] für dich gekocht.*“

„*Das tut mir sehr leid; auch dass ich nicht abgesagt habe*“, antwortete Daniel, „*aber ich wollte nicht, dass wir die Spannung, die zwischen uns herrscht, in deine Familie hineintragen.*“

---

[14] Traditionelles irisches Eintopfgericht aus Lammfleisch, Kartoffeln, Zwiebeln und Petersilie

„*Verstehe ich*", antwortete Liam, „*das war sehr rücksichtsvoll von dir. Aber absagen hättest du trotzdem können.*"

„*Habe ich ja gesagt, Liam*", erwiderte Daniel, „*und auch, dass es mir leidtut.*"

„*Ist o.k., Danny*", sagte Liam, „*lass und jetzt nur noch den Abend genießen.*

Liam erhob sein Glas und brachte einen alten irischen Toast aus:

„*May you be in heaven half an hour, before the devil knows you are dead!*"[15]

Damit wurde die kurzzeitig ins Wanken gekommen Freundschaft wieder auf stabile Beine gestellt.

Weniger stabil jedoch waren die Beine der beiden Freunde, als sie – einige Whiskeys später – den Pub verließen.

*****

Die Gerichtsverhandlung, welche Anfang Oktober stattfand, war eine klare Angelegenheit.

---

[15] Mögest du bereits eine halbe Stunde im Himmel sein, bevor der Teufel merkt, dass du tot bist!

Sowohl das Indiz der weggeworfenen Zigarettenschachtel als auch der Beweis des Army Messers mit dem Blut des Opfers und den alleinigen Fingerabdrücken des Opfers, genügten dem Gericht, den Angeklagten des Mordes an Sir James Frost schuldig zu sprechen.

Hinzu kam noch die beeidete Aussage der Zeugin, Mrs. Kelly Murphy, welche zweifelsfrei den Angeklagten als den Mann identifizieren konnte, der am Tag des Mordes im St. Elizabeth verweilte.

Erschwerend war auch die Tatsache, dass Rory Flinn als gewalttätig einzustufen war, was nicht zuletzt an dem Angriff auf Dwayne Fitzgerald, dem Prügelopfer aus dem Pub festgemacht wurde.

Am Ende kam noch ergänzend die bestehende Bewährungsauflage aus einer früheren Straftat hinzu. Das alles zusammen ergab folgendes Urteil:

„Der Angeklagte, Rory Flinn wird wegen Mordes aus niederen Beweggründen zum Tod durch den Strang verurteilt."

Rory Flinn nahm das Urteil überraschend gelassen entgegen. Als sein Anwalt, Anthony Devine, etwas von *„Berufung"* faselte, nahm es Rory Flinn nicht einmal wahr.

Sein letzter Blick, bevor er aus dem Saal geführt wurde, galt Mrs. Kelly Murphy, die Tränen in den Augen hatte.

Es waren Tränen der Genugtuung, dass ihrem Halbbruder, nach so langer Zeit, endlich Gerechtigkeit widerfahren war.

*****

Das Team um DCI Hayes wurde vom Superintendenten auf das Höchste belobigt, und eine Anerkennung aus dem Buckingham Palace blieb auch nicht aus.

Die Presse freute sich, endlich einmal wieder genügend Futter für eine fette Schlagzeile zu haben.

Aber wohl am meisten freute sich Lady Helen. Sie hatte nun ihren geliebten Chiefinspector ganz für sich allein.

Dass der Mörder ihres Mannes zum Tod verurteilt worden war, interessierte sie nur peripher.

Rory Flinn wurde erhängt und war damit wohl eines der letzten durchgeführten Todesurteile in Irland. Spätere Todesurteile wurden in Haftstrafen umgewandelt.

*****

...jedoch,

dass es sich bei diesem Urteil um einen schrecklichen Justizirrtum handelte, sollte nie ans Licht kommen…

*****

Rory Flinn war ein kleiner Gauner, der sich mit gelegentlichen Einbrüchen und Diebstählen über Wasser hielt.

Als er seinen Militärdienst leistete, wurde er bei diversen Straftaten erwischt, verurteilt und unehrenhaft entlassen.

Sein Sheffield British Army Knife hat er behalten und irgendwann an einen 16-jährigen Jungen verkauft. Der junge hieß Patrick Gallagher aus Bluebell, einem Vorort von Dublin, und war geistig zurückgeblieben.

Rory Flinn verbrachte einen Großteil seiner Zeit im Pub, wo er dem Alkohol reichlich zusprach. Und mit dem zunehmenden Alkoholgenuss stieg auch seine Gewaltbereitschaft.

Das bekam auch Dwayne Fitzgerald zu spüren, als er „zum falschen Zeitpunkt am falschen Ort war".

Als der Wirt des Pubs den betrunkenen, randalierenden Rory Flinn vor die Tür setzte, weil er noch etwas Trinken wollte, aber kein Geld mehr hatte, traf Rory Flinn auf Dwayne Fitzgerald.

Rory Flinn bettelte den – ihm völlig fremden - Mann um Geld an, was dieser jedoch verweigerte. Daraufhin prügelte Rory Flinn auf den Mann solange ein, bis dieser bewusstlos am Boden lag.

Etwa 3 Jahre später, es war an einem 12. Juni, trieb sich Rory Flinn im St. Elizabeth Hospital herum.

Er hatte sich eine üble Masche zugelegt, um Patienten zu bestehlen.

Mit einem billigen Blumenstrauß bewaffnet, betrat er das Zimmer von vornehmlich älteren Patientinnen, erzählte diesen eine erfundene Geschichte, um so an ihr Geld zu kommen oder sie zu berauben.

Er verließ ca. um 19:00 Uhr das Hospital, ohne von irgendjemandem bemerkt zu werden. Als er sich vor dem Eingang eine Zigarette anzünden wollte, bemerkte er, dass die Schachtel leer war. Er warf sie achtlos auf den Boden.

Bei der Zeugin des Verfahrens, Mrs. Kelly Murphy, handelte es sich um eine Halbschwester des Prügelopfers, Dwayne Fitzgerald, der nach wie vor im Koma lag.

Sie war am selben Tag wie Rory Flinn im Hospital, um ihren Halbbruder zu besuchen, hat aber Rory nie gesehen.

Was sie aber gesehen hat, war der Bericht über den mordverdächtigen Mann, der ihren Halbbruder vor Jahren halb totgeschlagen hat.

Das veranlasste sie späte Rache zu nehmen, indem sie – sogar unter Eid – eine Falschaussage machte, die schlussendlich auch zu der Verurteilung führte.

An dem besagten 12. Juni war auch Patrick Gallagher in der Stadt. Er spazierte mit seinem geschulterten Ghettoblaster durch den Park des Hospitals.

Als er in die Nähe des Eingangs kam, traf er auf den Professor, der eine Zigarettenpause machen wollte. Patrick sprach den Professor an, um eine Zigarette zu schnorren.

Der Professor lehnte mit der Bemerkung ab, *„Patrick solle lieber die Musik abstellen, welche lautstark aus dem Ghettoblaster dröhnte, denn das würde die Patienten stören."*

Diese Äußerung genügte, um den jungen Burschen ausrasten zu lassen. Er zückte das Army Messer, das er vor langer Zeit Rory Flinn abgekauft hatte und stach zu.

Als der Professor nicht die erwartete Wirkung zeigte, schlug Patrick Gallagher mit dem Musikgerät zu. Dabei splitterte ein Teil des Plastikgehäuses ab und verfing sich im Schädel des Professors.

Dieser, mit aller Wucht durchgeführte Schlag, führte zum sofortigen Tod des Professors. Dessen ungerührt leerte Patrick Gallagher noch die Taschen des Professors und verschwand im Dunkel der Nacht.

Es gibt ein seltenes Phänomen mit Namen „Adermatoglyphie", was nichts anderes bedeutet als das Fehlen von Fingerabdrücken. Auf der ganzen Welt sind nur fünf Familien bekannt, die von dieser Krankheit betroffen sind. Und Patrick Gallagher gehörte zu einer dieser Familien...

*****

Nachtrag des Verfassers:

Liebe Leser,
wenn Sie glauben sollten, die Geschichte mit der „Adermatoglyphie" sei eine Erfindung des Verfassers, so muss ich Sie enttäuschen. Das gibt es wirklich. Wikipedia schreibt:

*Als **Adermatoglyphie** bezeichnet man eine genetisch bedingte Störung, bei der die Betroffenen als isoliertes Symptom an den Handinnenseiten und den Fußsohlen keine Papillarleisten aufweisen und somit keine Fingerabdrücke hinterlassen. Diese Störung ist sehr selten.*

Lassen Sie mich eine kleine, wahre Geschichte dazu erzählen:

Ich war 18 Jahre alt, als ich eine kleine Filiale der Bank, bei der ich gerade meine Lehre zum Bankkaufmann absolvierte, betreute. Es handelte sich um einen Raum in meiner Heimatgemeinde, ca. 20 m^2 groß, in welchem – hinter dem Tresen - ein Tresor stand (1,60/80/80 - H/B/T), der lediglich ein Schloss mit Schlüssel hatte.

Große Mengen Bargeld waren nicht vorhanden, da ich am Abend in die – 3 km entfernte - Zentrale fahren musste, um überschüssiges Geld, welches von Geschäftsleuten über den Tag eingezahlt worden war, dort abzuliefern.

Eines Tages versuchte ein oder mehrere Einbrecher (der Fall wurde nie geklärt) den Tresor mit unzulänglichen Mitteln, in der Nacht zu öffnen, was misslang.

Außer diversen Kratzspuren am Schloss des Tresors, war nichts zu finden. Ich musste am nächsten Tag auf die Polizeiwache, um meine Fingerabdrücke zu hinterlassen (Ausschlussprinzip).

Der durchführende Beamte, ein Herr Hauser (ich weiß den Namen noch heute) sagte mir danach:

„Sie hätten eine glänzende Karriere als Einbrecher haben können; denn Ihre Papillarlinien sind so schwach ausgeprägt, dass sie vor Gericht nicht als Beweis verwendbar gewesen wären."

Sie sehen, liebe Leser, so etwas gibt es tatsächlich…

*****